五朵雪莲花丛书

（第三辑）

五朵雪莲花

女性视角下的发现

何　英◎主编

新疆美术摄影出版社

图书在版编目(CIP)数据

女性视角下的发现 / 何英主编. -- 乌鲁木齐：新疆美术摄影出版社, 2014.12
(五朵雪莲花丛书. 第 3 辑)
ISBN 978-7-5469-6167-5

Ⅰ. ①女… Ⅱ. ①何… Ⅲ. ①散文集-中国-当代
Ⅳ. ①I267

中国版本图书馆 CIP 数据核字(2015)第 008161 号

选题策划：于文胜
责任编辑：郑红梅
责任校对：郑红梅
封面设计：党　红
版式设计：党　红
责任复审：王英强
责任决审：于文胜
责任印制：刘伟煜

书　名　五朵雪莲花·女性视角下的发现
主　编　何　英
出　版　新疆美术摄影出版社(www.xjdzyx.com)
地　址　乌鲁木齐市经济技术开发区科技园路 5 号(邮编 830026)
发　行　全国新华书店
网　购　当当网、京东商城、亚马逊、淘宝网、天猫、读读网、淘宝网·新疆旅游书店
制　版　新疆读读精品网络出版有限公司数字印务中心
印　刷　北京新华印刷有限公司
开　本　880 mm × 1 230 mm　1/32
印　张　7.5
字　数　100 千字
版　次　2014 年 12 月第 1 版
印　次　2015 年 9 月第 1 次印刷
书　号　ISBN 978-7-5469-6167-5
定　价　22.00 元

网络出版　读读网(www.dudu-book365.com)
网络书店　淘宝网·新疆旅游书店(http://shop67841187.taobao.com)

五朵雪莲花·发现

目录

目录

目录

李娟，汉族，1979 年出生于新疆生产建设兵团农七师 123 团，1999 年开始写作。曾在《南方周末》《文汇报》等开设专栏，并出版散文集《九篇雪》《我的阿勒泰》《阿勒泰的角落》《走夜路请放声歌唱》。作品《羊道》获 2011 年度人民文学奖“非虚构奖”，两次获在场主义散文奖。

李娟

通往滴水泉的路

蝗灾

蝗虫来了。他们说蝗虫来的时候,跟沙尘暴似的,半边天都黑了,如乌云密布,遮天蔽日。人往重灾区一站,不一会儿身上就停满了虫子,像穿了一身又硬又厚的盔甲。

那情景是我没有见过的。

还有这么一个数据,说今年闹蝗灾的地区,最高虫密度为每平方米一万五千只。这也是我没见过的,想想看,一个平方米的面积里居然能挤下一万五千只蝗虫!那肯定是虫摞虫了,而且还会垒得很高很高。一个平方米一万五千只!真恶心……他们怎么算出来的?难道还一只一只地数过吗?

为了抵御这场灾害,政府号召灾区群众多养鸡。有人告诉我养鸡灭蝗的新闻还上了电视呢,画面的大概情景就是基层干部们全体出动，把一群鸡从山上往山下呼呼啦啦地赶，鸡们纷纷展着翅膀，浩浩荡荡地冲向抗灾一线。哎！可真是吃美了！

唉，那幕情景可惜还是没有亲眼见过。

说到养鸡，想起了另外的事情。塔克斯肯口岸刚刚开关的时候，我表姐也去做生意去了，我们跟着去瞅了瞅热闹。在那里，政府要求当地群众积极参与贸易活动，提倡的办法之一也是号召大家多养鸡，因为鸡下了蛋就可以用鸡蛋进行边贸互市了。另外，还可以把鸡做成红烧鸡卖给外国人吃。不知道蒙古国那边有没有鸡……

呃，回过头来再说虫灾。那么多的虫，鸡能对付得了吗？一个个吃到撑趴下，也是趴在虫堆里吧？那么多的虫——每平方米一万五千只……太可怕了。

不过用鸡灭蝗好歹属于“生物技术”呢，听说还有的地方在喷药。喷药当然会更有效一些，但那总让人感觉极不舒服：“药”比蝗虫更可怕吧？因为它太“有效”了，全盘毁灭一般的“有效”，很不公平的“有效”。

我们在库委，离灾区还很远，但也能明显地感觉到蝗灾的迹象。尤其在前山一带地势平坦开阔的地方，往草丛里扔一块石头，就像往水里扔一块石头似的，哗啦啦溅起一大片。在又白又烫的土路两边，一片一片全是黑乎乎的东西，开始还没在意，后来不小心踏上去一脚，踩死一大片，才知……

我们这里的小孩子，钓鱼用的饵全都是蝗虫。不知道这有什么好吃的，鱼居然也能给骗上钩。

我记得小时候，还在县城上小学时，我经常穿过整个县城去到北山脚下找一个叫燕燕的女孩玩。她还有两个妹妹，一个叫霞霞，一个叫明明。她们的房子很破，但是很大，院墙从南到北、山上山下地围了一大圈，院子空空荡荡，差点儿就无边无际了。她们父母总是不在家，我们就自由自在地在院子里跑来跑去地玩。后来我们跑了出去，外面是成片的戈壁滩、起伏的沙丘。我们去拾干牛粪，拾回来可以当柴烧。因为她们家很穷，穷人就烧这个，富人则一年四季都烧煤。我们去了很远很远，远得快要回不来了。后来我们回来时，红日悬在山头，晚霞辉映大地。我们开始捉蝗虫玩，那么多的蝗虫，那个时候就已经有那么多了。

——我们轻轻地走上去，轻轻地蹲下身子，突然罩上手，一下子就逮住了。捂在手心，感觉它在手心里微弱地挣扎着。因为它是活的，有生命的，于是捏在手心里总是令人异样地兴奋。它的腿能动，关节灵活，触须虽然看来和麦芒一样，但却是有感觉的，是灵敏的，再轻微地触碰都会使它迅速作出反应；还有它的翅子，那么精巧对称……对一只蝗虫仔细观察，从寻常中看出越来越多的不可思议时，世界就在身外鲜明了，逼近了……我看到燕燕的眼睛闪着瑰丽的光，抬头一看，绯红的夕阳恰在此时全部沉落西山。天色迅速暗下来，一回头，一轮大得不可思议的金黄色圆月静止在群山之上。

蝗虫是有罪的事物。可是，作为自然界理所应当的一部分，它们的种种行为只在必然之中：必然会有蝗灾出现的，必须得伤害人的利益，以维护某种神秘公正的平衡。当蝗虫铺天盖地地到来的时候，我们为保护自己而使用的任何方法，是不是其实也是对自己的另一种损伤？

唉，我们这个地方的农牧民真倒霉，不下雨的时候总是会闹旱灾，雨稍微一多又有洪灾；天气冷的时候有雪灾，太热了又有冰雹灾；秋天会有森林火灾，到了夏天呢，看看吧，又总是有蝗灾。此外还有风灾啊，牲畜瘟疫啊什么的。但是，尽管如此，还是有那么多的人愿意在这里继续生活，并且也不认为受点天灾有什么太委屈、太想不通的。

蝗虫也愿意在这里生活呢，草一片一片地给它们咬得枯黄，于是羊就不够吃了。蝗虫真可恨，但也可怜，因为它们的初衷原本只是找点吃的而已，和羊一样。

比起蝗虫，羊群的规模更大，而且发展态势更是不可阻挡。我们所有的行为都向羊的利益倾斜，其实是向自己的利益倾斜——我们要通过羊获得更幸福的生活，什么也不能阻止我们向着无忧无虑与浪费一步步靠近。我们真强大，命运都能控制住了。

蝗虫来一拨，就消灭一拨。我们真强大，一点儿不怕它了。

可是，这是不祥的。因为蝗虫仍在一拨一拨地继续前来，并且越来越难以对付(名字也越来越神气，什么“亚洲飞蝗”啊，“意大利蝗”啊……)。自然界的宏大程序继续有条不紊地一步步推进，无可抗拒。尽管什么也看不到什么也感觉不到，只能以本能的敏感去逼真地体验些什么。只知道，“更多的那些”不像蝗虫那样好打发了。又想起童年时的燕燕和明明，此时，不知她们正在世界的哪个角落里平凡的生活，完全忘记了过去那些蝗虫的事情，一日一日地被损耗着。

我家过去年代的一只猫

我们祖上几乎每一辈人都会出一个嗜赌成性的败家子。到了我外婆那一代,不幸轮到了我外公。据外婆回忆,当时破草屋里的一切家私被变卖得干干净净,只剩一只木箱一口铁锅和五个碗。此外就只有贴在竹篾墙上的观音像及画像下一只破破烂烂的草蒲团。连全家人冬夏的衣裳都被卖得一人只剩一身单衣,老老小小全打着赤脚。

但是外婆一直藏着一只手掌心大小的铜磬,那是她多年前有一次走了五十里的山路,去邻县赶一场隆重的庙会时买的。对她来说,这只小小的磬是精美的器物,质地明亮光滑,小而沉重,真是再漂亮不过了。更何况她曾亲眼见过庙里的和尚就是敲着它来念经的(当然,那一只大了许多)。于是它又是神圣的。

她时常对外公说,那是观音菩萨的东西,不可“起心”。可外公偏偏起了心,有一天输得眼红了回家对外婆拳打脚踢,逼她交出磬。后来外婆实在是被打急了,只好从怀中掏出来掷到门槛外,然后一屁股坐到地上大哭起来。

六十多年过去了,外婆至今还时常唠叨起那只小磬,不时地啧啧夸赞它的精巧可爱。而那个男人曾经对她造成的伤害,似乎早已与她毫无关系了。毕竟外公都已经过世半个多世纪了,死去的人全都是已经被原谅的人。

另外外婆时常会提到的还有一只大黄猫。那是继外公卖掉磬之后,第二个最不该卖的东西。

第一次大黄猫被卖到了放生铺。放生铺离家门只有十几里路。清早捉去卖掉的,结果还没吃晌午饭,那黄猫就自己跑回来了。外婆和孩子们欢天喜地,连忙从各自己碗里滗出一些米汤倒给猫喝。

结果第二天一大早猫又被外公捉去了。这次卖到永泉铺。永泉铺更远一些,离家有三十多里。外婆想,这回猫再也回不来了。结果,那天外公还没回家,那神奇的大黄猫就又一次找回了自家门。亏得外公赶集去的一路上还是把它蒙在布袋子里,又塞进背篼里的。

外婆央求外公再也不要卖了。她说，“只听说卖猪卖鸡换钱用，哪里听说卖猫的！再说谁家屋头没养只鸡、养条狗的，而自家连鸡都没有一只，就只剩这最后一只猫了……”又说，“这猫也造孽，都卖了两次还在想着自家里头，就可怜可怜它吧……”但外公哪里能听得进去！过了不久，龙林铺逢集时他又把那只黄猫逮走了。

龙林铺在邻县境内，离我们足有五十多里。虽然都晓得这回这猫怕是再也回不来了，可外婆还是心存侥幸，天天把喂猫的石钵里注满清水，等它回家。

这一次，却再也没有等到。

我在新疆出生，大部分时间在新疆长大。我所了解的这片土地，是一片绝大部分才刚刚开始承载人的活动的广袤大地。在这里，泥土还不熟悉粮食，道路还不熟悉脚印，水不熟悉井，火不熟悉煤。在这里，我们报不出上溯三代以上的祖先的名字，我们的孩子比远离故土更加远离我们。哪怕再在这里生活一百年，我仍不能说自己是“新疆人”。

——哪怕到了今天，半个多世纪过去了，离家万里，过去生活被断然切割，我又即将与外婆断然切割。外婆终将携着一世的记忆死去，使我的“故乡”终究变成一处无凭无据的所在。在那里，外婆早已修好的坟窟依山傍水，年复一年地空着，渐渐坍塌；坟前空白的碑石花纹模糊，内部正在悄悄脆裂；老家旧屋久无人住，恐怕已经塌了一间半套……而屋后曾经引来泉水的竹管残迹寂寞地横搁在杂草之中，那泉眼四面围栏的石板早已经塌坏，泉水四处乱淌，荒草丛生。村中旧人过世，年轻人纷纷出走打工。通向家门口的小路盖满竹叶，这路通向的木门上铁锁锈死，屋檐断裂。在这扇门背后，在黑暗的房间里，外婆早年间备下的，漆得乌黑明亮的寿棺早已寂静地朽坏。泥墙上悬挂的纺车挂满蛛丝……再也回不去了！

那个地方，与我唯一的关联似乎只是：我的外婆和我母亲曾经在那里生活过……我不认识任何一条能够通向它的道路，我不认识村中的任何一家邻居。但那仍是我的故乡，那条被外婆无数次提及的大黄猫，如被我从小养大一般，深深怜惜着它。当我得知它在远方迷失，难过得连梦里也在想：这么多年过去，该往它的石钵里注满清水了！

我不是一个没有来历的人。我走到今天，似乎是我的祖先在使用我的双脚走到今天。我不是一个没有根的人，我的基因以我所不能明白的方式清清楚楚地记录着这条血脉延伸的全部过程。我不是没有故乡的人，那一处我从未去过的地方，在我外婆和我母亲的讲述中反复触动我的本能和命运，永远地留住了我。那里每一粒深埋在地底的紫色浆果，每一只夏日午后准时振翅的鸣蝉，比我亲眼见过的还要令我熟悉。我不是虚弱的人，不是短暂的人——哪怕此时立刻死去也不是短暂的人。

还有那只猫，它的故事更为漫长。哪怕到了今天，它仍然在回家的路上继续走着。有时被乡间的顽童追赶过一条条陌生的沟荡；有时迷路了，在高高的坡崖上如婴孩一样凄厉地惨叫；有时走着走着突然浑身毛乍起，看到前面路中央盘起的一条花蛇……圆月当空，它找到一处隐蔽的草丛卧下。有时是冬月间的风霜露气，有时是盛夏里的瓢泼大雨。

总有一天，它绕过堰塘边的青青竹林，突然看到院子空地上那台熟悉的石磨，看到石磨后屋檐下的水缸——流浪的日子全部结束了！它飞快地窜进院子，径直走到自己往日吃食的石钵边，大口大口地痛饮起来。也不管这水是谁为它注入的，不管是谁，在这些年里，正如它从不曾忘记过家一样，从不曾忘记过它。

通往滴水泉的路

最早的时候，通往滴水泉的路只有乌斯曼小道。乌斯曼是一百年前那个鼎鼎有名的阿勒泰土匪头子，被称为“哈萨克王”。

而更早的一些时候，在这片茫茫大地上，所有的路都只沿着戈壁沙漠的边缘绕过。那些路断断续续地、虚弱地进行在群山褶皱之中，遥遥连接着阿尔泰群山的绿洲和南方的草原雪山。没有人能从这片荒原的腹心通过。没有水，没有草，马饥人渴，这是一块死亡之地。唯一知道水源的，只有那些奔跑在沙漠间的鹅喉羚与野马，但它们不能开口说出一句话来。它们因为深藏着水的气息而生有晶莹深邃的眼睛。

大约就在那个时候，就有滴水泉的传说了吧？那时，只是在牧民之间,寂静而神秘流传着一种说法——在戈壁滩最最干渴腹心地带,在那里的某个角落,深深地掩藏着一眼奇迹般的泉水。水从石头缝里渗出,一滴一滴掉进地面上的水洼中,夜以继日,寒暑不息。那里有着一小片青翠静谧的草地,有几丛茂盛的灌木。水流在草丛间闪烁,沼泽边生满了苔藓。那是一片狭小而坚定的沙漠绿洲——有人声称亲眼目睹过那幕情景。当时他身处迷途,几天几夜滴水未进,已是意识昏茫,濒临死亡。这时,他一脚踩入滴水泉四周潮湿的草丛中,顿时感激得痛哭起来。他在那里痛饮清冽甘泉,泪流满面。

每一个牧民进入荒野深处寻找丢失羊羔的时候,都坚信滴水泉就在附近,也许就在前方那座寻常的沙丘的背面?他四面呼喊,又饥又渴地走过一座又一座沙漠中的高地,垫足遥望。野地茫茫,空无一物,但他仍然坚信着滴水泉。

滴水泉如同这片大地上的神明。它的水,一滴一滴从无比高远之处落下,一滴一滴敲打着存在于这里的一切生命痕迹的脉搏,一滴一滴无边无际地渗入苦寂的现实生活与美好纯真的传说。

然而战乱使大地上不再存在安静的角落。滴水泉最终还是从牧民世代口耳相传的秘密中现身了,它的确切位置在戈壁滩平凡的遥远之处被圈点了出来。乌斯曼的烈马走出了一条忽明忽暗的道路，笔直地戳向滴水泉。那些烽火连天、浓烟四起的年月里，他一手持匕首一手握马缰，无数次孤身前往这隐蔽的绿洲，补充给养，休养生息。然后北上南下，穿梭战事。滴水泉的隐秘在无形间造成了这个“哈萨克王”的神出鬼没吗？在当时，除了官道以外，居然还有一条路也能使人在荒原上来去自如，这是乌斯曼的传奇，也是滴水泉的传奇。

在我很小很小的时候，还没有现在的216和217国道线，从富蕴县到乌鲁木齐，也没有开通班车（不过当时也没有太多的人需要去向富蕴县。而生活在富蕴县的人们，似乎也没有太多的事情需要离开）。要到乌鲁木齐的话，只能搭乘拉矿石或木材的卡车，沿东北面的群山一带远远绕过戈壁滩，一路上得颠簸好几天。我永远忘不了中途投宿的那些夜晚，那些孤独地停留在空旷雪白的盐碱滩上的破破烂烂的土墙房子旅店，还有旅店上空辉煌灿烂的星空。一次又一次，我被大人抱下车，被牵着往那里走去，心中涌动着奇异的激动，似乎知道自己从此就要在这个地方永远生活下去了。然而，我的命运直到今天仍没有停止。

那条被称为“东线”的漫长道路，只能在夏天通畅。到了冬天，大雪封路，去乌鲁木齐只有走通过滴水泉的那条路。

司机们路过滴水泉，无疑是一件快乐的事情，无论当时天色早晚，都会停下来歇一宿。打水洗漱，生火烧茶泡干粮。等过了滴水泉，剩下的路程又将是几天几夜无边无际的荒凉。

后来，有一对夫妻从内地来到新疆，辗转来到滴水泉，在泉边扎起了帐篷，开了一家简陋的小饭馆。菜蔬粮油全都由过往的司机捎送。这样一个小店对于司机们来说，简直如天堂一般。于是，在往返这片戈壁滩时，总算能过一天“人的日子”了。

然而这对夫妻，他们在那样的地方讨生活，不只是辛苦，更多的怕是寂寞吧？常常一连几天，门口的土路上也不会经过一辆车。男的也常常会搭某辆路过的卡车离开一段时间。

再后来，多多少少发生了一些事情，那个女人跟着一个年轻的司机走了。那个男人也没有等待，很快也走了。滴水泉又恢复了深沉的寂静。

不知又过去了多长时间，又发生了怎么样的周折，那个女人和那个司机再次来到了滴水泉。帐篷又重新支了起来，还挖了地窝子。饭馆重新开张了。泉水边还放养了几只鸡，简陋的餐桌上出现了鸡蛋和鸡肉。

司机们也不用睡狭窄的驾驶室了，新的小饭馆还有住宿的地方，虽然只是地窝子里的一面大通铺。

总会有一些时刻，大家都约定好了似的，突然间会有很多人同时光临滴水泉。那时，饭桌前的板凳都不够用了，吃饭时大家黑压压蹲了一屋子。睡觉的地方更是不够用，主人把自己的床铺让出来，把饭桌拼起来，还在地上铺塑料布和毡子。满房子横七竖八躺满熟睡的身体。

那一年，从乌鲁木齐到富蕴县的班车也开通了，每星期对发一趟。两人的生意极好，滴水泉从未曾如此热闹过。于是他俩决定把店面扩大。

整个夏天，当车辆改道穿行在东线的群山中时，滴水泉是悄寂无声的。两个人决定利用这段时间盖几间新房子。

他们把泉水下的水坑挖成深深的池子，又挖了引水渠一直通向店门口。

泉水很小，他们用了一个夏天的时间耐心地等待水池一次次蓄满，用这水和泥巴打土坯。晾干后，土墙很快砌了起来。他们又赶着马车，从几百公里外拉来木头，架檩子、搭椽子。在屋顶铺上干草和厚厚的泥巴。

就这样累死累活干了一整个夏天，房子起来了，新的饭桌打制好了，新床也添了两个。他们坐下来等待冬天，等待第一辆车辆在门口鸣笛刹车，等待门帘突然被猛地掀开，等待人间的喧哗再一次点燃滴水泉。

但是，他们一直等到现在。

就在他们盖好房子的第二年，新公路在戈壁另一端建成通车了。通往滴水泉的路，被抛弃了。

那些所有的，沿着山缘，沿着戈壁滩起伏不定的地势，沿着春夏寒暑，沿着古老的激情，沿着古老的悲伤，沿着漫漫时光，沿着深沉的畏惧与威严……而崎岖蜿蜒至此的道路都被抛弃了。它们空荡荡地敞在荒野之中，饥渴不已。久远年代的车辙印如做梦一般遗留在上面，它们比从不曾有人经过的大地还要荒凉。

新的道路如锋利的刀口，笔直地切割在戈壁腹心。走这条路，一两天就可以到达目的地。一切都在上面飞速地经过，不作片刻的停留。世界的重心沿无可名状也无可厚非的轴心平滑微妙地转移到另一面的深渊。

滴水泉的故事结束了吗？滴水泉那些一滴一滴仍在远方静静滴落的水珠，还有意义可被赋予吗？再也不需要有那么一条路通向它了吗？再也不需要艰难的跋涉和挣扎的生活来换取它的一点点滋润了吗？我们如今所能得到的一切，全都已经成为理所当然的了吗？

还有两个人，至今仍留在那片小小的绿洲上，仍然还在泉水边夜以继日打土坯，盖房子。并在等待土坯晾干的时间里，冲着天空仰起年轻的微笑的面孔。只有他们仍然还在无边无际的等待之中,美梦不受丝毫惊扰。当我在这片荒野里走着,不知不觉又走上了通往滴水泉的旧道,野地上,路的痕迹如此清晰,便不由得清晰地听到那个女人的声音,当她和她的情人无处可去、无可容身时,她勇敢地对他说:“我们去滴水泉吧!”她边说边为此流下泪水。

澡　堂

洗澡应该是一件非常快乐的事情。要不然怎么会有那么多人喜欢在澡堂子里放声歌唱呢？——开始只是一个人在哼着，后来另一个人唱出声来。就这样一个接一个地，最后就开始了大合唱。再后来，隔壁男澡堂也开始热烈地回应。异样的欢乐氛围在哗哗流水中一鼓一鼓地颤动，颤动，颤动，幅度越来越大，周期越来越短……这样的欢乐竟不知该以何收场。哪怕已经结束了，事后也想不起当时是怎样结束的。

有的时候自始至终只有一个人在唱，而且自始至终只唱一首歌，还只唱那首歌中高潮部分的最后两句。不停地重复啊，重复啊，像是刀尖在玻璃上重复着刮刻……幸好这“重复”顶多只有洗完一次澡的时间那么长，要是如此重复一整天的话，简直会令听者产生幻觉的。而且幸好这只是在澡堂子里，澡堂微妙的氛围似乎可以包容一切神经质的行为。

回音总是很大。水在身体外流，久了，便像是在身体内流。很热。水汽浓重……不知道唱歌的人有着怎样一副爱美的身子……唱的那句歌词是什么内容始终分辨不清，声调却尖锐明亮——尖锐明亮而难以分辨内容，那真是一种奇妙的感触。

更多的时候大家都在无意地、悠闲地哼着不成调的曲子。相互认识的人随意聊着无边无际的话题，这话题不停地分叉，越走越远，几乎自己都快要在自己的庞大复杂的分支迷宫中迷失了——它们影影绰绰漂浮在澡堂中，忽浓忽淡，往排气扇方向集体移动，消失向外面干爽凉快的空气中。

歌声其实是次要的。唱歌的那人也并未意识到自己正在唱歌。身体一丝不挂，举止单纯，额外的想法暂停。灵巧的手不停地揉搓澡巾，洗过的长发在头顶扎成团歪倒在前额上。肤色水淋淋的明亮，身形交错。男孩子们隔三岔五地尖叫，甩着小鸡鸡跑来跑去；女孩子们则为自己为什么没有小鸡鸡而深感诧异。

家庭主妇们拎着水桶和盆，扛着搓衣板，一个一个调试水龙头。后来终于找到水流大一点的笼头，然后摆开阵式，埋首肥皂泡沫中，赤身裸体地奋力对付天大的一堆脏床罩、窗帘、被套。

年轻妈妈们还搬来了澡盆，澡盆里还飘满了塑料玩具。妈妈们一边搓揉头发上的泡沫,一边厉声斥责孩子不要啃塑料鸭鸭,不要喝洗澡水。

有人在努力刷牙,满嘴泡沫,浑身抖动。也不知要刷到什么程度才算完。何止牙齿,可能连扁桃垂体也没有放过。

老板娘和顾客在外面吵架,几乎快动起手来了。

里面又开始了新一轮大合唱。

突然又有小孩子惊天动地地大哭,四处喊着找妈妈。找到妈妈后,妈妈顺手抽他一个大耳刮。

澡堂里总是热气腾腾、水汽缭绕。人多的时候,更是又闷又挤,得三个人共用一个笼头。人与人之间,最轻微的接触间有最黑暗的深渊。不时有陌生人挤过来主动提出要帮我搓背。被我谢绝后,她会立刻请求我帮她搓背。

龙头和龙头之间没有隔档,洗澡的人面对面站着,看过来的视线中途涣散。水很大,一股一股地奔泻。澡堂中间的大池子水汪汪的,不时有小孩在里面摔倒的声音,但尖利的哭声要酝酿三秒钟之后才能迸发出来。

外面的更衣室四壁和天花板悬满水珠,一滴一滴冰凉迟缓地落下。灯光静止、幽暗。穿衣服的人肢体洁白,面目模糊。

却有人端着一盘一盘热气腾腾的炒菜汤饭，笔直穿过更衣室，掏出钥匙打开尽头的小门闪进去。等她再出来时，换了身衣服，拿着雨伞、挽着小包。她把门依旧锁上，穿过更衣室消失在另外的门里。这个更衣室为什么有那么多的门？

有衰老的身体背对着我站着，身体濡湿，衬裙多处浸成了透明。她没有办法将身体擦干，她太胖了，手臂不能转到后面，不能抬得更高。她低声唤我："孩子，孩子……"又说道："拉一拉吧……"她是一个哈萨克族老人。我走过去，看到她的衬裙在背上拧成了一股绳。我伸手去拽，感觉到肌肤和衬裙间的巨大摩擦力。水很顽固。我帮着拽了好一会儿才弄平展。然后我沉默着走开，她也没有道谢。她很老很老了。老人不应该一个人出来洗澡。更衣室里有不祥的预兆。

之前，我记得她拉下水闸门，站在水龙头下就开始穿衬裙，然后经过我，扶着我的胳膊小心地走过水池边缘。再经过下一个人，再扶着那人慢慢地走过。接着又是下一个。水一片一片地淋在她的衬裙上，她神情轻松。衬裙的蕾丝花边在腾腾水汽中闪着光。

另有一个刚刚开始发育的女孩，水淋淋的皮肤光滑黝黑，身子颀长柔弱，每一处起伏，都是水波静止后，唯一不肯停息的一道涟漪。鸟起飞之前瞬间的凝息。鸟羽干净，翅子微张……还有水晶中自然形成的云雾——透过这水晶看向蓝天，那云雾轻微地旋转。而最美的是在那旋转正中央静止不动的、纤细的轴心。

她站在水中，水花四溅。我亲眼看到，那水花并不是触着她的身体才溅开去，而是触着了她所散发出来的光芒才溅开去。

在澡堂洗澡，我这平凡的身子，平凡的四肢，不久将裹以重重的衣裳，平凡地走在黄昏之中。这平凡的生活，这样的平安。我不再年轻了，但远未曾老去。千万根头发正在生长，几处伤口正在愈合，患关节炎的双膝“嘎吱”微响，颈椎骨刺轻轻地抵着只能以想象感觉到的某处。疾病在身体深处安详地沉睡，呼吸均匀，而青春在一旁秉灯日夜守护。她想唤醒他，但忍了又忍，泪水长流……这些都由我的身体小心裹藏着。我的身体站在水龙头下的激流中。很多次发现澡堂里最后只剩下了我一人。空旷，寒冷，澡堂中央的大水池平静明亮。

我去洗澡，总会忘记带一样东西。这样东西常常会是梳子，于是走出澡堂时，总是头发胡乱纠结着的。

有两次忘了带毛巾，只好站在更衣室里慢慢晾干。

忘记带拖鞋的话，一进更衣室就会发现，然后匆匆忙忙回家取。等拎着拖鞋回来时,健忘的老板总会让我再付一次钱。

忘带香皂的时候,就用洗发水代替。忘带洗发水了,就反过来用香皂洗头发。但是有好几次,香皂和洗发水同时忘带了。

后来,我就用一张纸条把需要带的所有东西一一详细记下来。等下一次出门时,对着纸条清点物品,这才万无一失地出门。可是,到了地方才发现还是忘了带东西了,而且是最最重要的……钱,两块钱,洗一次澡的两块钱……

于是我又在纸条上把“钱”这一项加上。

可是等到再下一次时,出门之前却忘记了看纸条……

再再下一次,干脆连纸条都找不到了。

……

去澡堂洗澡,带必备的用品——这是很简单很简单的事情。我却总是做不好。当我侧着身子,又一次绕过水池子走向我经常使用的一个笼头时,便拼命想:这一次忘记了什么呢?这一次又是什么在意识中消失了呢?我还有什么不曾感觉到、不曾触及呢?我侧着身子,在拥挤的森林中行进,草丛深厚,灌木浓密,树木参天。我发现一只静静伏在布满翠绿色字母图案的蛛网上的,背部生有红色塑料纽扣般明亮的奇特器官的六脚蜘蛛……我轻轻地扒开枝叶,俯身在那里长久地看着。这时有人从我背后悄悄走开,永远走开……而在此之前,我在这森林里已独自穿行千百年,没有出口,没有遇到任何人。

深夜来的人

一

冬天的夜里，阿克哈拉总是那么寂静，那么冷。总是没有月亮，星空晶莹清脆。而我们的房子里却是温暖滚烫的，柔软的。店里的商品静静停在货架上，与过去很久很久以前的某种情形一样。而我们像睡着了似的，安静地围着火炉干活，手指轻松灵活，嘴里哼着过去年代的歌。这时两个人进来了，一身寒气。他们径直朝我走来，他们的眼睛像钻石一般熠熠生辉。

阿克哈拉的冬天无边无际，我们的房子在冬天最深处蜷匐着。在房子之外——荒原呀，沙漠呀，大地起伏之处那些水域和灌木丛,远在天边的牛羊……在黑夜里全都睁着眼睛看了过来。但是四面墙壁和屋顶把我们捂在手心,把我们藏匿了起来似的。我们围着火炉,安静地做着一些事情。再也不会有敲门声响起了。

我们的房子孤独地停在遥远的地方,烟囱在夜色里冒着雪白的烟,灯光像早已熄灭了一般寂静地亮着。

我是裁缝,我手持着一块布料,一针一线缝制衣服。不久后,在一个明亮的白天里,将有人穿着这件崭新的衣服,醒目地走在荒原上,像是走向爱情。

在阿克哈拉,那些冬天的深夜里来的人,全都是寂寞的人吗?全都是有秘密的人吗?全是刚刚经历过无比艰难的、漫长黑暗的旅途的人吗?他们带来了巨大的寒冷,他们一走进房子,炉火就黯淡了一下。

他们其中一人一进来就走向火炉,熟练地从墙上取下炉钩,勾开炉圈,往炉膛添进一块炉,好像是回到了他多年前的家中。

他们走到房子中央,解开扣子,敞开寒冷的外套。里面的衣物重重叠叠,厚重深暗。他们又从头上取下冰凉沉重的皮帽放在柜台上。两个帽子并排着紧紧地靠在一起，他们也并排靠在柜台上，安静地看着我安静地干活。我示意他们再靠炉子近一点，那里暖和，他们连忙拒绝并表示感激。然后又是更为长久的沉默……这沉默并不只是声响上的停止，更是寒冷的停止，疲惫的停止，悲伤的停止。这沉默如此饱满而平衡。

更晚一些的时候他们沉默着要了酒，边喝边以沉默一般的口吻彼此间轻声地交谈，很快一瓶酒见底了。他们其中一人付了钱，继续坐在那里沉默地看着我沉默着干活。酒的气息在低处轻漾，高处是安静。灯光也在高处，低处是一些恍惚。这恍惚缭绕着人的脚步。我在房间里轻轻地来回走动。

我是裁缝，此刻我在做的却是一件自己的衣服，我量了又量，把布料裹在身上，手持一面巴掌大的小镜子，照了又照。夜里来的人伸出手来替我拿着镜子，我后退几步，在镜子里看到另外一人也在看着我笑。

我在做一件自己的衣服，总有一天，我也会穿着这衣服站在明亮的蓝天下的。炉火兹啦作响，炉边墙上贴着的白纸在热气中轻轻掀动，我遥远的想法也在热气中轻轻掀动。抖开布料，铺展在裁衣板上，带动的风使房间里隐隐明亮了一下。

深夜来的人,是梦中来的人吗?他们的神情安然,愿意与我们就这样生活永远下去似的。我踮起脚,凑近房间正中悬挂的灯泡,将一根线准确地穿过一个针孔,长长地牵过,咬断,挽结儿。

那人把外套脱下来递给我,害羞地将衣服撕坏的地方指给我看。

这时停电了。

有人在暗中摸索火柴,等待光明的时间无比漫长。我手心捏着针,全世界就只剩下了我手中的那根针。但是火柴被擦亮,全世界只剩那团乍然的焰火。一截光滑的蜡烛从暗处伸过来,通体洁白安静,像亲吻一般缓缓接近那团焰火。

我突然飞翔……

蜡烛点燃后,我突然消失?

他们手持蜡烛找了很久,只在房间里找到了一根针。

二

还有一些夜里从不曾停过电,我从不曾离开过你们。我们的灯整夜亮着,在荒野中等待。河在黑夜中的不远处,或是很远的地方静静奔流——实际上它是在“哗啦啦”地大声奔流，但那“哗啦啦”的声音是向着更远的地方去的，河却永远停在那里，永远画着一个弯——像是在那一处永远地回头张望……这时，月亮与世界上的一切都无关地升起来了。

我能感觉到河面波光微闪。我侧过脸，感觉到河水冰凉。又心里一动，感觉到在河湾暗处，在岸边被水流不断冲刷着的树根下，一只河狸静静地浮出水面，在激流中仰着头，与世界上的一切都无关地仰望着月亮……

我在这边，有些困倦。炉火很旺，不时拨动炉火的人，脸被烤得通红而激动。我面对他咬断线头，收起针线，抖开新衣，人已半入梦中。但是一回头又看到河狸在流水中静静沉没。房间里空气恍惚，那人神情异样。

那人接着说：河狸两个小时就能咬断一棵直径四十厘米的大树……

后来我真的睡着了，在梦中回答他说：河狸真厉害呀，大家都很佩服它，两个小时就能咬断一棵直径四十厘米的大树……但是有没有人想到呢？——在那些啃咬树木的过程中，河狸多么寂寞啊……

我醒过来对他说：当河狸在深处的、近处的那些地方，眼睛看着青草，河水在身体表层流过……它啃呀，啃呀，眼前的青草开花了，它啃呀啃呀，下雨了，一滴饱满的水珠精巧地悬挂在青草叶梢上，雨停了，可那滴水珠还没有落下。那是在河边青草丛的深处，附近的地方安静又清洁。绿在最最近处的地方呈现透明的质地。河狸浮在“哗啦啦”的河水里，一下一下啃咬着树木。树木倒下的时候，那滴水珠终于也落了下来。在最最近的地方，那滴水珠落地的声音，比大树倒地的声音还要响亮些……我说的是白天。窗外夜的黑又更逼近房屋一些了。我说完接着睡去。但是一直没有人关灯。

在更远更远的地方，河流进湖泊，瞬间宁静……芦苇荡漾，一枚小小的野鸟蛋温和地深藏在我们永远找不到的草丛里。

深夜来的人替我掖了掖被子，我闭着眼睛扭过脸去。长夜永不会过去吗？后来深夜来的人，躺倒在我旁边睡下。我暗自记下了他的模样，扭过脸去又轻易地睡去。

三

仍然在阿克哈拉，仍然是一个深夜，有人在往这边赶来的漫长途中，几次想要放弃。他的故事是：一场暴风雪使他失去了他的羊群。不过那是多年前的事了。

我等了又等，后来走出门去，看到他在门前的夜色中静静站立。他终于开口，他说：“请带我离开……”他是一个盲人。我便带他回家，端出饭菜，照顾他的生活，从此永远和他在一起……阿克哈拉,你打开一个缺口,又叹息着合上了。

至于另外一个深夜来的人,他带来的消息使我们失声痛哭!我们边哭边收拾行李上路,连夜兼程,一路无星无月。

而那人还留在我们空荡荡的家中,在房间正中央静静站着,像是还在等待我们的回答。又像是决定从此替我们守着家。他站了很久,终于坐了下来。但是又起身,走到炉子边,把炉膛捅了捅,填进一块黑黑的煤,黑得像是从屋外的夜色里直接掰下来的一块。他眼泪流了下来。

而我们还在远未曾抵达的途中,此去再也不回来了吧?此去再也不回来了吧?椅子落满灰尘了吧?窗台上的花枯萎了吧?深夜来的人是世界上的最后一人,他将最后一个死去吧?他一件一件回忆着往事,坐在温暖的炉火边,等待我们从悲哀中沿来路返回……车颠簸荒原上,在他带来的噩耗之中,我们终于在旅途中睡着了。

四

深夜来的人,多年后娶我为妻。记得多年前他掀开厚重的门帘,第一次走进我的房间,笔直地向我走来。他对我说:“你叫什么名字?”使我惊慌不已。我为他量体裁衣,俯在缝纫机上把一块块布合在一起。我烧起烙铁熨烫，水汽蒸腾。衣服的形状里有他的形体，我穿着这宽大的衣服走在白天的荒原上。迎面遇到他骑马过来。无处藏身。白昼怎么能如此明亮！

多年后他娶我为妻。我们衣衫破旧，容颜不变，仿佛一切天生如此。他这才说出当年的情景——那一夜他走过漫长漆黑的原野小路，向遥远的一盏灯火摸去。那荒野中的房屋，是等待中诞生的事物——是为了使这等待更为持久更为坚强一些，而在等待的人四周竖起四壁，盖起房子……他掀开沉重的棉门帘走进去，一眼看到灯光下的姑娘站在那里，已等候多时。他忍不住问她的名字，而她回答的那两个字早已为他熟知……

五

我也曾在深夜去找过你，怀揣给你做好的新衣，推开你的家门。可是你不在，离去不久，炉火未熄。桌上的纸条雪白，还不曾来得及写下些什么。我走到你的床边，拉开被子躺倒，准备进入更为漫长的等待。这时，有人敲门。我犹豫着要不要起身去开……后来却在敲门声中渐渐睡着了——这是在阿克哈拉，这仍然是在阿克哈拉。这是在荒原上，在后来渐渐被你想起来的一些夜里。

呼　唤

妈妈，你把我深深埋进大地。等了几十年，仍不见我发芽。你对着大地呼唤，又掘开大地，却怎么也找不到我了。你四面搜寻，挖掘，开垦出一片片湿沃的土地。这时春天来了，你便在这片土地上播撒下种子。

妈妈，你是一个丰收的母亲，你是一个富裕的母亲。你的粮食，喂养着经过这片大地的所有流浪者，使他们永远停留下来。他们中有很多人深深地爱慕你，夜夜梦见你健康的身子和你微笑的嘴唇。到了白天，他们就远远地看你。当你走近，又远远离你而去。

妈妈，你是母亲，所以有着母亲才有的纯洁眼睛。你以这样的眼睛打量世界，以母亲才有的想法揣测这世界，以母亲的心伤害每一颗深爱你的心。你是母亲，你的灵魂有着母亲才有的天真。

妈妈，被你埋进大地的，只是把我死去的骨骸，而我活着的部分，被你埋进了你的记忆——我并不是消失了，只是被你忘记了啊……每当你偶尔想起了些什么，也只是想起了过去岁月里隐隐约约有过的一些欢乐。你反复对人诉说关于我的事情，说着说着停了下来，渐渐不知自己在说些什么——你说着我过去的事情，却不知道我是谁……你努力回想，落下泪来。使你周围那些爱着你的人，纷纷不知所措。

妈妈，你的家园，在大地上，而不是在天上。但你常常站在浩荡无际的金黄麦地中央，长久地仰望蓝天。妈妈，因为你是母亲，你总是心怀希望。你是母亲，你总是更为欢乐。

你如迎接一般，欢乐地奔跑过大地。跑着跑着，就跑到了天上。所有人在下面喊你，你一边答应一边跳下来，可落地的只有衣服。他们四处找寻你，你也跟在他们中间四处奔跑。

你们一起跑过大地——

一起看到日出——

一起欢呼——

……

妈妈,你就是在那时怀孕的。你悄悄离开所有人,一个人走进深深的麦地分娩,一直到秋天还没有出来。秋天,这片麦地获得了前所未有的大丰收,所有人兴高采烈地从四面八方进行收割,收割下来的麦穗垛成了高山。收割完了的麦茬地也仍以丰收才有的壮观,空空荡荡地浩荡到天边。

那时候,所有人才发现你真的不见了。他们想到,你可能是去找我去了,你可能已经找到我了。你可能正在那个找到我的地方,和我一起重新生活。他们就悲伤地过冬,悲伤地进入以后的岁月。那堆山一样高的粮食,让他们吃了很多年,一直吃到老为止。他们老了以后,有的人死了,有的人走了。大地恢复了最初的寂静和空荡。

这时,我才回来。

我回来了,妈妈。我一遍一遍地敲门,又走进荒芜的土地四面呼喊。夕阳横扫大地,一棵孤独的树遥遥眺望着另一棵孤独的树。妈妈,你到底在这里种下了什么?使这片土地长满了悄寂与空旷……一株一株的粮食,只作为一个一个的梦,凌驾在一粒一粒的种子之上。这是一片梦境茂密的地方!妈妈……我回来了,我坐在家门口等待。夏天有片刻的雷阵雨呼啸而过,秋天会有人字形的雁群飞过蓝天。

我坐在家门口,慢慢地记起过去那些无数个相同的日子里，曾有人在每个清晨满怀植物，向我走来……那些过去的日子，每一天都如此漫长，每一天都远远长于我的一生……妈妈，我还是回来了。

我曾走过森林，差点在里面永远地迷失。森林里每一片叶子都在以绿色沦陷我，它们要让我消失。它们在夜里，在近处，对我说：成为一棵树吧，你成为一棵树吧……清晨我便发现脚下生出了根……妈妈，我曾在那片森林里生长多年，春夏秋冬地枯荣发谢，我以为一切已到此为止。但是听到你喊我。

我曾走过冰封的湖泊，听到鱼在冰层下深处的水里静静地转身。我长久地站在那里，也想要转身……但一转身就迷路了……已辨不清天空悬挂着的那枚圆形发光体究竟是月亮还是太阳。我又走了很久，患了雪盲，什么也看不见了，于是湖便在我脚下悄悄裂开冰隙。我欲要往前再走一步……但是听到你喊我。

我曾有过自己的孩子，我守着他们一日日长大。黄昏呼喊他们的名字，唤他们回家吃饭。我喊呀喊呀，后来眼睁睁看着他们循另外的呼唤跑去了，我喊错了吗？我是在喊谁呢？脱口而出的每一个字，都冰冷如铁……这时妈妈，你喊我的声音清晰地响起。

在我弥留之际，还是你的声音，让我最后一次睁开眼睛，看清前来的人是谁……看到他终于第一次为我落泪……妈妈，沿着你的声音，我最后一次闭上眼睛。

我的一生！都在你的呼唤声中挣扎！妈妈，我奔跑在大地上，浑身湿透，气喘吁吁。我双脚磨破，面貌明亮。我侧耳倾听，环顾四望……妈妈，最终，我却被你的呼唤带到另外一个人身旁，去见他最后一面……然后孤独地回家，回去的路程，耗尽我的一生。

妈妈，其实，你呼唤我的声音，我从不曾真正听到过……只是“感觉”到了而已——我感觉到除我之外的整个世界都听到了！并且都正在长久地倾听。我俯在大地上贴上耳朵，听到万物应那呼唤而去的足音——蓬勃、稠密，它们长出地面，头也不回。一直长到秋天，又应那呼唤而凋零、枯亡。

整面大地，都倾向你呼唤传来的方向。所有的河流，都朝那边奔淌。

鸟群顺着去向那里和离开那里的路，往返一生，什么都知道了……

四季也沿此循环，永无结果。

星座朝那里的地平线一日日沉落。我们孩子的眼睛，年复一年，往那边看。

风往那边吹。我们开垦的土地，一年一年往那边漫延。

我们日晒雨淋一生。我们的房子，全盖在了那里。我们终生爱慕的人，在那里一直年轻。

戈壁滩在那里森林遍布，河流纵横，群山起伏。

所有的道路，为了抵达那里，从不曾停止过延伸。

所有的日子，过着过着，全向着那边一天天消失。

老人们为此衰老，孩子为此悄悄成长。

我和他走在大地上，为此约定爱情的事……后来，又为此，绝望反悔。

曾有人，为此不止一次地死去。如今他在离我不远的地方沉默着生活，什么也不肯说。

……

——而我，妈妈，我听了又听，泪流了又流，无论我听到什么，我同样，也不会说。

可是妈妈，人们所知道的仅仅是：你终生沉默。

却不知，在距离你的沉默无比遥远的地方，你呼唤的声音，正怎样兀自行进在寂寞漫长的途中，至今什么也没能找到。

你曾对着一株植物一声声呼唤，它毫无办法，最后只好开出花来。你继续对着那花呼唤，那花也毫无办法，最后只好凋零。

你曾在河边呼唤，你每喊一声，河便调头拐出一道弯来回头看你。于是每一个经过这片大地的人，都会惊讶这条河为什么流淌得如此曲折，反复迂回在这片大地上，徘徊着不肯离去。

你曾在夜里，在枕畔，以喃喃低语呼唤，却把他唤醒。他伸出手激动地拥抱你。他几次想摇醒你，想对你说出一件事情。但又想：再等一等吧，等到天亮再说……天亮了，你死了……

妈妈，即使你死了，你呼唤的声音，仍然还在通向我的途中继续流浪着……你呼唤我的声音，去到过多少遥远坎坷的地方啊！这些年来，它都喊住了什么呢？它的路比你的路更为艰难吧？前程莫测……等终于有一天赶到我面前时，会不会已认不出我来了？那时我满目疮痍，白发苍苍，令它犹豫不决，怎么也不肯相信我来自童年……当它停在我面前，会不会突然发现了什么……

妈妈，其实这些年来，你所呼唤的，只是我的名字，而不是我啊……妈妈，其实我加于你的孤独，远不及这片大地加于你的孤独。

其实在这片大地上，你是最贫穷的母亲，其实你连孩子都不曾有过……你离开所有人，独自走在深蓝高远的天空下，你连去处都不曾有过。你走进金色的麦地，走了不远，扒开茂密的麦丛，看到我蜷卧在麦田中央，刚刚从一个长梦中醒来。于是你像一个真正的母亲那样亲吻我，抚摸我的头发，哭泣着劝慰我不要哭泣。

童话森林

我九岁的时候，花一个暑假的时间看完了相当厚的一本繁体字的童话书。很久以后才意识到不太对头：九岁哪里懂得繁体字呢？哪怕到了现在也是较为头疼的。不，那绝对不可能是繁体字。

——然而那的确是。那种文字所记载的内容差不多忘记得干干净净，但至今回想起来，仍能清晰地重温当时辨识那些复杂的文字时粘粘连连的吃力感。以及因那些文字间别有用心的缀连、组合，而牵扯出来的年代久远的话语氛围。

那些文字，每一句话都长满了叶子，开满了花，重重阻塞视线。脚下的道路时隐时现，灌木丛生。路边突然闪过的小动物的眼睛转瞬即逝的明亮了一下。

那些内容，深不见底。探头往下面看去，只看一眼就掉了下去，下落的速度时而缓慢时而迅疾。并且不停地拐弯，遇到岔路口就毫不犹豫地左拐。迎面碰到的人默不作声，偶尔出现的对白都是谜语。一边猜测这谜语，一边继续坠落，永无止境。

那些内容，充满了繁复的细节，又更像是正在用这些细节进行着重重的遮掩。情节曲折却没有出口。似乎叙述者本身就走在一条自己从未走过的路上，边走边随口介绍着所见所闻。像是那个叙述者是出于寂寞才写出了这本书——并没有什么精心的构思，只是出于说话的欲望而已。当他走在那条自己从未走过的路上，不知下一步抵达哪里，不知夜晚何时来临。他和我们一样，对此书的内容一无所知。他越走越害怕，就脱口说出了我后来读到的这些话语。

我九岁的那年暑假，天天坐在门口高大的白蜡树下，封闭了耳朵和触觉，终日捧着那本书进行深深的阅读。能读懂的地方就顺水推舟地滑跃过去，感觉到蜻蜓点水后的涟漪，一环一环荡漾开，水波清澈，水中倒影似曾相识。

而读不懂的地方就靠某种类似于“缘分”的东西进行理解，一步一步试探着碰触，一点一点抚摸、辨认。边辨认边轻轻地喘息。身体内部空空荡荡，一只孤独的鸟儿在身体内部的黑暗中呼啦啦地扑打着双翅，一条河在这黑暗中搅着旋涡静静地消失进深水潭，深水潭在黑暗中悬空静止。

还有一滴水悬挂在一枚树叶的叶梢。在这枚树叶之外，森林无边。我在这森林里千百年地跋涉，不知前因后果。翻动书页，带起的微风清晰地穿过指缝，画出纤细闪亮的弧度，向空气中四下穿梭而去。纸页与纸页之间粘粘连连，另有无形的手轻轻按着那页纸，说：“不可再看了。”而我执意去翻它，捻了四五次才打开新的一页。满眼的繁体字的火焰瞬间黯淡了一下，又重新燃烧起来。这一页看到的情节与上一页无关，却在同样的命运中顺次排列着，强烈不安地保持缄默。

我无法读出声来，怕惊动了最最可怕的事物一般。紧咬嘴唇，深捂胸口。试探着抚摸那些文字的芒刺，疼痛感只飘浮在意识的表层，深处却静如止水。最最深处，是一粒坚硬光滑的籽核……我抚摸那文字的芒刺，轻轻折下一枝。轻轻把疼痛含在口中，像含着一颗糖那样，一点点品尝，一点点融化它，一口一口吞咽下去。

后来我十岁，十一岁，十二岁……一年一年地远离着九岁的时光，可是无论什么时候回头张望，都能看到九岁的自己坐在垂满蜻蜓翅子形状种子的白蜡树下，捧着厚厚的一本书，沉浸在深深的阅读中。无论怎么呼唤，也不答应一声，不抬头看一眼。那书里的文字枝繁叶茂，重重阻塞着内容本身。

后来的我，无论怎样回想，也想不起那本书到底都写了些什么。能记起的碎片，锋利、脆薄，转瞬即逝地划过：一条被深深草丛埋没的小路，美貌，灵验的诅咒，忠诚而孤独的仆人，轻易就过去的时间，轻易地背叛，轻易地相遇……

很多年后，我从别的什么地方偶尔看到了一则国外民间传说故事。突然间，记忆被撕开了一条缺口，内心瞬间一片明亮——惊觉那则故事就是当年那本书中的一部分！

故事写道：有一个女人，嫁给一个怪物为妻，那怪物夜夜都会变成俊美的男子与她同眠。后来这女人违背了誓言，失去了丈夫。她决定去找他，带了三双铁鞋上路了。当第一双铁鞋穿破时，遇到一个女巫，女巫挽留她过夜，并给她煮了一只鸡吃，嘱咐她吃完后一定要收好每一块鸡骨。她带着鸡骨继续上路。等第二双铁鞋穿破时又遇到第二个女巫，又得到一只鸡，同样又收集了很多鸡骨。第三双鞋终于也破了，她从第三个女巫那里得到了第三只鸡的鸡骨。她靠着肉足走完剩下艰苦卓绝的道路，终于看到丈夫高高建在树上的木屋，看到窗口飘着他晾晒的衬衣。

但树屋太高，她上不去。于是她从口袋里掏出所有鸡骨，一根一根地连起来。每两块鸡骨一触碰，立刻牢牢粘在一起。这样，她制作出了一副骨梯。可是，在漫长的道路中，自己不小心遗失了一块骨头,使得这副梯子只差最后的一小截。情急之下,她砍下自己左手的无名指,竟很轻易地接了上去。梯子长度正合适,她顺着梯子爬进窗户,树屋里空无一人。她太累了,就躺倒在床上睡着了。

她的丈夫回到家，突然看到有一副梯子悬在自家的窗口,知道有外人进去。便拔出剑,小心翼翼地循梯拾级而上。当爬到最后一级时,看到骨梯的最后一截竟是一根女人的手指,并且这手指上还戴着自己无比熟悉的一枚婚戒,立刻明白了一切。

就这样,这个女人历尽磨难和孤独,终于挽回了自己的爱情和婚姻。

——是的,的确如此！在那本厚厚的繁体字的旧书中,这个故事静止在书的某一页,清晰而独立。我又努力想要沿此扩散开去,想更多地记起什么。想了又想,想了又想……那本奇异的书,对九岁之外的我深深地合上了。像是一双眼睛对我深深地闭上。不管我曾经是如何深深地抵达过它的内部,涉过其中的每一条河,经过每一条山谷,走遍每一条秘密小径。有时候也会想:或许,其实从来都不曾有过这样一本书吧……

最坚强的时刻在梦里

很久以前我们在深山里，那年外婆八十八岁，我决定带着她离开。我收拾好行李，和外婆走到土公路边等车，等了很久很久。我对外婆说：“以后你就跟着我过，跟我到乌鲁木齐生活。”我都打算好了我们两个怎么过日子，租什么样的房子。外婆轻轻答应着，但什么也没说，后来才说：“我不是不想和你在一起。我是怕拖累你。”我眼泪流个不停，但还是说：“外婆，我们一起过，你不要怕。”后来车来了，我们上了车。我晕车，一路上不停下车呕吐。外婆也跟着下了车抚摸我的背。后来车路过一家荒野小店，大家下车休息。当时那家店里只提供炸鱼，我便给外婆买了一些。外婆本来从不吃有腥味的东西，但那天却吃了很多。之前我们在山林间一连坐了七八个小时的车，一路颠簸，我们都又累又饿。

还有一次，一个朋友打了个电话来，告诉我了一些事情。我强装镇定，思路清晰地与她一问一答。挂上电话后，万念俱灰，像是第一次感受到一个词——“无依无靠”。我不顾一切地痛哭，后来听到外婆在隔壁房间走动的声音。

有一次我搬了新家，把外婆接来。房间里空空荡荡，所有的家具只有一把折叠的行军床和一根绳子。外婆睡行军床，我睡地板。绳子横牵在客厅里。所有衣物和零碎物什都挂在上面。直到半年后我才有了一张床。又过了半年，床上才铺了褥子。那一年外婆九十三岁。当我搀着她第一次走进那个空房间时，对她说：“外婆，以后我们就住在这里了。”她四处看了看，找个地方坐下来，解开了外套扣子。

有一次，我决定不上学了。我去找妈妈。去到遥远深山中一个从未去过的村庄，下了车，司机指着村头一幢孤零零的泥土房屋说：“那就是你家。”我推门进去，迎面扑来炖羊肉的味道。外婆在炖肉，她从不吃羊肉，闻着味道就恶心，但却知道那个是有营养的东西。她乐于炖给我们吃的。那时她八十六岁，还没有摔跤，还没有偏瘫，还很硬朗很清醒。我们生活的房间很小很小，顶多十个平方米，前半截是裁缝店，后半截睡觉和做饭，中间挂了块布帘。我们家共有四五块布匹，挂在墙上。而村里的另一家裁缝店有五六十种布料，挂了满满当当一面墙。我开始跟着妈妈干裁缝活，生活终日安静。后来妈妈买了录音机，不停地放歌。后来所有磁带里的每一首歌我们都会唱了。

有一次，我从外面回家，那是在深山里，我们的家是一面用木头撑起来的塑料棚，还没有帐篷结实。我走进塑料棚，看到妈妈在正在称糖块，她把糖每两百克分作一堆。外婆站在一旁，将那些糖堆一一装进事先准备好的塑料袋里，并扎紧口。那样一包糖卖两块钱。两人做这事做了很久很久。我看到柜台下已经装好了好几箱子了。那么漫长的岁月。

还有一次，我五岁。外婆对我说："我们没有钱了。"生命中第一次感觉到了焦灼和悲伤。那时我的妈妈在外面四处流浪，当时外婆是拾破烂的，整天四处翻垃圾桶。我在吃苹果的时候对外婆说："我一天只吃一个，要不然明天就没有了。"很多年后，外婆都能记得这句话。

——这些，都不是梦。昨天晚上的情景是梦。我梦到以前不停地搬家租房的那些年月，梦见很少的一点点商品稀稀拉拉摆在货架上，梦见我们一家三口安静地围着一盘菜吃饭。

生命一直陷落在那些岁月里。将来，见到他以后，我要对他说："世上竟会有那么多的悲伤。不过没关系的。我最终还是成为自己最想成为的样子。"

走夜路请放声歌唱

在呼蓝别斯，大片的森林，大片的森林，还是大片的森林。马合沙提说：走夜路要大声地歌唱！在森林深处，在前面悬崖边的大石头下——你看！那团黑乎乎的大东西！说不定就是大棕熊呢！大棕熊在睡觉，在马蹄声惊扰到它之前，请大声歌唱吧！远远地，大棕熊就会从睡梦中醒来，它侧耳倾听一会，沉重地起身，一摇一晃走了。一起唱歌吧！大声地唱，用力地唱，“啊啊……”地唱，闭着眼睛，捂着耳朵。胸腔里刮最大的风，嗓子眼开最美的花。唱歌吧！

呼蓝别斯，连绵的森林，高处的木屋，洗衣的少女在河边草地上晾晒着鲜艳的衣物。你骑马离开后，她就躺在那里睡着了。一百年都没有人经过，一百年都没人慢慢走近她端详她的面孔。她一直睡到黑夜，大棕熊也来了，嗅她，绕着她走了一圈又一圈，这时远远地有人在星空下唱歌。歌声越来越近，她的睡梦越来越沉。大棕熊眼睛闪闪发光。

夜行的人，黑暗中你们一遍又一遍地经过了些什么呢？在你们身边的那些暗处，有什么被永远地擦肩而过？那洗衣的少女不曾被你的歌声唤醒，不曾在黑暗中抬起面孔，在草地上撑起身子，循着歌声记起一切……夜行的人，再唱大声些吧！唱爱情吧，唱故乡吧。对着黑暗的左边唱，对着黑暗的右边唱，再对着黑暗的前方唱。边唱边大声说："听到了吗？你听到了吗？"夜行的人，若你不唱歌的话，不惊醒这黑夜的话，就永远也走不出呼兰别斯了。这重重的森林，这崎岖纤细的山路，这孤独疲惫的心。

夜行的人，若你不唱歌的话，你年幼的阿娜尔在后来的所有清晨里就再也不能通过气息分辨出野茶叶和普通的牛草。你年幼的阿娜尔，你珍爱的女儿，她夜夜哭泣，胆子小，声音细渺，眼光不敢停留在飞逝的事物上。要是不唱歌的话，阿娜儿将多么可怜啊！她一个人坐在森林边上，听了又听，等了又等，哭了又哭。她身边露珠闪烁，她曾从那露珠中打开无数扇通向最微小世界的门。但是她再也打不开了。你不唱歌了，她一扇门也没有了！

要是不唱歌的话，木屋边那古老的小坟墓，那个七岁小孩的蜷身栖息之处，从此不能宁静。那孩子夜夜来找你，通过你的沉默去找他的母亲。那孩子过世了几十年，当年她的母亲下葬他时，安慰他小小的灵魂说：“你我缘分已尽，各自的道路却还没有走完，不要留恋这边了，不要为已经消失的疼痛而悲伤。”……但是，你不唱歌了，你在黑夜里静悄悄地经过他的骨骸，你的安静惊动了他。你的面庞如此黑暗，他敏感地惊疑而起。他顿时无可适从。

要是不唱歌的话，黑暗中我到哪里去找你？我如何回到呼蓝别斯？那么多的路，连绵的森林，起伏的大地。要是不唱歌的话，有再多的木薪也找不到一粒火种，有再长的寿命也得不到片刻的自如。要是不唱歌的话，说不出的话永远只哽噎在嗓子眼里，流不出的泪只在心中滴滴悬结坚硬的钟乳石。

我曾听过你的歌声。那时我站在呼蓝别斯最高的一座山上的最高的一棵树上，看到了你唱歌时的样子。他们喜欢你才吓唬你，他们说：“唱歌吧，唱歌吧！唱了歌，熊就不敢过来了。”你便在冷冷的空气中陡然唱出第一句。像火柴在擦纸上擦了好几下才“嗤”地引燃一束火苗，你唱了好几句才捕捉到自己的声音。像人猿泰山握住了悬崖间的藤索，你紧紧握住了自己的声音，在群山间飘荡。那时，我就站在你路过的最高的那座山上的最高的那棵树上，为你四面观望，愿你此去一路平安。

我也曾作为实实在在的形象听过你唱歌。还是在黑夜里,你躺在那里唱着,连木屋屋檐缝隙里紧塞的干苔藓都复活了,湿润了,膨胀了,迅速分裂、生长,散落肉眼看不到的轻盈细腻的孢子雨。你躺在那里唱,突然那么忧伤,我为不能安慰你而感到更为忧伤。我也想和你一起唱,却不敢开口。于是就在心里唱,大声地,唱啊唱啊,直到唱得完全打开了自己为止,直到唱得完全离开了自己为止。然后我的身体沉沉睡去。但这样的夜里,哪怕睡着了仍然还在唱啊,唱啊……大棕熊你听到了吗?大棕熊你快点跑,跑到最深最暗的森林里去,钻进最深的洞穴里去,把耳朵捂起来,不要把听到的歌声再流出去。大棕熊你惊讶吧,你把歌的消息四处散布吧!大棕熊,以歌为分界线,让我们生活得更平静一些,更安稳一些吧……

是的,亲爱的,哪怕后来去到了城市,走夜路时也要大声地唱歌,像喝醉酒的人一样无所顾忌。大声地唱啊,让远方的大棕熊也听到了,也静静起身,为你在遥远的地方让路。你发现街道如此空旷,行人素不相识。

帕蒂古丽，维吾尔族，1965年出生在新疆沙湾县，现任职于浙江《余姚日报》。已出版散文集《跟羊儿分享的秘密》《混血的村庄》《隐秘的故乡》。近几年有30多万字的文学作品见诸《人民文学》等刊物。散文《思念的重量》获得2013“我的一封信”全国散文大赛一等奖，《大梁坡的汉子和婆姨们》获2013年度全国散文年会一等奖。

帕蒂古丽

隐秘的事情

追蝴蝶的少年吐尔逊

大个子吐尔逊在堆满草垛子的院子里追我，我爬上草垛子，他拽住我的小裙子往下拉，我小裙子一提，就上了院墙。

我一边大声喊着“吐尔逊，吐尔逊”一边跑。吐尔逊就是维吾尔语停下的意思。

我在院墙上跑，吐尔逊在院墙下面追，眼睛里有不甘和余怒，那不甘是不敢上墙上来抓奔跑的我，那余怒是我偷偷翻进他家的院子，在草垛子上翻跟斗，弄乱了他垛的草垛子。

他先开始像赶一只做错了窝的兔子一样追逐我，我的惊惧和尖叫让他突然发现，自己似乎拥有足以征服一个黄毛丫头的秘密武器。

我被他黄黄的眼仁里突如其来的光亮吓住了，他捂住自己的嘴，向我摆手，示意我不要大呼小叫，从院墙上下来。我知道他不敢上院墙上追，那样他就会输给了院墙外村里人的眼睛。

院墙上飞奔的我，完全不像是受了追逼惊吓的兔子。吐尔逊像是被一只堵住他去路，在他面前飞来飞去的蝴蝶惹恼了，不小心一时失控。我是那只猛然间引逗起他追逐之心的蝴蝶，他只想征服那股弄不懂的飘忽，又害怕追急了，蝴蝶翻墙落地摔坏了翅膀。

那担心当然是多余的，我未长成的身子柔软如猫，纵然从房顶上落地，也不至于跌断翅膀，况且院墙外堆积着的虚土有一尺厚，轻捷如鸟的我落下去，顶多像一只麻雀从一根钢丝上飞临地面，估计连一星土花都不会溅起。

我得意自己赢了，赢在我能挑逗起这个高挑得像一棵白杨树一样的少年发疯一样满院子追我，我看到了一个从来没有人看见的他。

吐尔逊输得眼睛里冒着怨毒的火，仿佛我戳醒了隐藏在他身体里的另一个他。他终于抛下另一个他，拍打掉衣服上的墙灰和杂草屑，垂头丧气地进屋去了，留给我一扇关闭的门。

一个没捕到蝴蝶的少年，也许觉得那只蝴蝶不属于这间阴暗的屋子。我张开翅膀愣在墙头，那种挑逗他的刺激的快感还在，被追捕勾起的紧张和兴奋还没有消退，剧烈的心跳把尖叫卡在喉咙里，像一股旋风被院墙围住，急切地在院子里盘旋。

多少年了，蝴蝶保持着振翅的姿势。那是我玩过的最惊险的飞翔的游戏，我像站在悬崖边上，从高高的院墙往下看时，想象中坠落的快感让我尖叫不止。

身体里的危险被我喊出来，我用危险吸引少年，武装自己，那种危险像悬崖边上蝴蝶突然停住，用战栗的翅膀诱惑追捕它的人。身体里还有一些细微到看不见的东西，被少年追我的脚步追索、盘问，而我还在懵懂中，尚不明了被追逼和讨要的到底是什么。

仿佛我的身体隐藏了一种危险的东西，似乎那种东西是他边追边塞进我的身体里，他要追上我，就是要拿回他放进我这里的东西，在口袋里或者裙子里，他不帮我指出来，我就不知道它到底是什么，不知道的东西才会散发危险的气息。

只有他抓住我的脚，往下拉我的裙角的时候，那种东西突然像光点一样闪动了一下，很快就熄灭了。那是一只蝴蝶的秘密，很轻，随时都能被少年带走。

吐尔逊的那间挂满乐器的小房子里，我只记住了躲避他的过程。我从屋子的这头跑到那头，扶着墙跑，手指掠过那些明晃晃乐器的线，碰撞出各种声响。他长长的身体紧随着我，他完全可以一把逮住我，像老鹰一样按住我，他长长的四肢稍一舒展,就能占掉半个房间。

我眼里的吃惊与恐惧，像两枚钉子将他的脚钉在地上,他仿佛怕痛一样,只把上半身尽量倾向我,两只长胳膊长臂猿一样伸过来,那像一个预备跑过来的姿势,又像是要接住我的样子,我无论往哪个方向跑,只要他原地转一转身子,把胳膊伸直,我就像一只球一样,顺利地落入他用十根指头为我编织的篮筐。

我惊恐中夹杂着好奇回头看他，那是扔给他的小小诱饵,让他不致在我的惊叫中失去追逐的勇气,我害怕这场游戏的结束,胜过了害怕这场游戏本身。他像围猎一只刺猬一样,不敢来抓我,只随着我转,好像从哪个方向触及我,对于他来说都很棘手。

在他看起来我似乎很受惊，仿佛将要被老鹰吞没的小鸡,其实我只是兴奋过头,那种被吞没的想象,使我感受自己怦怦的心跳,紧张中带着一种满足感,跟害怕不一样,似乎对某种不明袭击暗暗的好奇和期待，却不知道它会来自哪里，又会袭向何处。

雪天里,跟吐尔逊捉迷藏,我飞一样地绕着房子的四堵墙跑,在房子的一个拐角,擦伤了左边的乳苞。它硬硬的,像未成熟的杏子一样,有着坚硬的核,从墙棱子上猛地蹭过去,擦破的皮碰触摩擦棉衣的里布,钻心地痛。

我用憋气锁住喉咙，努力不使自己叫出来，我第一次意识到身体上凸起了两个尖苞，左边的尖苞跟墙的摩擦阻止了我的飞奔，墙像刮刀一样刮过去，刮掉了杏子嫩嫩的皮和黄黄的绒毛。发现两只小杏子的惊喜，一时间盖过了刺心的擦痛，那种惊喜似乎比刮刀还要尖锐。

从小喜欢跟我捉迷藏的吐尔逊，后来成为有名的乡村乐手，我在一个又一个婚礼上看见他，他在弹唱中用目光和我捉迷藏，在那些快乐诙谐歌曲的间隙，他用打飞眼、抛飞吻来追逐我，随着心跳加剧，乳苞鼓胀，我的左乳里隐隐地有一丝痛，像对那次擦伤的纪念。

多年以后，乐手吐尔逊他用年轻的生命跟死亡捉了一次迷藏，在一个冬夜里死于醉酒。父母为他取的吐尔逊这个名字，也没有将他的生命留住。

每个冬天，我的左乳都用肿胀和疼痛，来祭奠那个漆黑的冬夜里追逐我，第一次帮我发现它的人。每次想起他的时候，我的左乳就用隐痛来回应我，仿佛在说，那个几十年前的雪夜里，跟我捉迷藏的少年还在，他就躲在我的左乳里。

亚　森

亚森是村里的木匠，在俄罗斯留过学，三十岁了还是单身。他有着哈萨克族男人高大英气的外表。爹爹喜欢他来家里聊天。亚森来找爹爹，总是在夜深人静时。爹爹的收音机坏了，也是他帮着修。有次他来得早了些，爹爹放下正在缝纫的金色狐狸皮大衣，请他喝酒。亚森看了看刚刚成型的狐狸皮大衣，眼睛一亮：“在俄罗斯，到了冬天，美丽的姑娘们穿起狐狸皮的大衣，就像狐狸仙子一样迷人。爹爹说：“我女儿将来出嫁时，穿上我做的这件狐狸皮大衣，也会美丽得像传说中的狐狸仙子。”

收音机里俄语电台播送着音乐，亚森说：“我年轻的时候，在边城参加过很盛大的舞会，这首华尔兹舞曲，让我想起那位和我跳舞的俄罗斯女郎美妙的舞姿……”

也许是酒精的作用，回忆这个场景时的亚森，他那略微深陷的眼窝里一对金色的眸子仿佛被一道明亮的光线照彻，蜷曲的金棕色头发随着他的头温柔地低下，一下子簇拥在他宽阔的前额和大理石一样苍白光洁的面孔上，他冷静的高鼻子下棱角分明的唇部，由于快乐的回忆而变得曲线柔美，颜色红润。

你从爹爹和亚森口里听到过的新鲜词，在别人口里是听不到的。爹爹和亚森很隐秘地说那些词里的事情，他们有时候用隐晦的眼神代替了话语，好像故意不想让你弄懂。爹爹说得最多的是：艾提尕尔清真寺、阿帕克霍加（香妃）、木卡姆、艾里甫与赛乃姆……亚森说得最多的是：塔什干、哈萨克斯坦、莫斯科、华尔兹、阿肯弹唱、部落……

爹爹和亚森聊天都是后半夜。你钻在被子里偷听他们说话，往往听着听着就和梦搅在一起了。有时候亚森中午来，他们坐在炕沿上聊天，你趴在炕上听。他们说到了女人，亚森回头看看你，好像提防着什么，又好像刻意在引起你的注意，亚森看完接着说下去：少女、强暴、监狱……

你假装没听见，把目光瞥到一边。爹爹看了看你没有注意听，继续跟亚森说：通奸、埋在土里、露出上半身、石头活活砸死、尸体掩埋。听爹爹说完，你感觉大炕在往下陷，你下半身埋在炕下面，上半身像雕塑一样立在炕上，几缕风从门外刮进来，扫在你身上，像鞭子抽过来，你看见手臂上金色的汗毛一根根竖起来。

你从家到学校去的路，先是穿过你家门口渠沟边长着半人高蒿草的土路，弯一个大下坡，从哈列克拜尔家后面跨过那段渠沟，上了陡坡，亚森家的土块房子和大馕坑，就立在沟边的两棵沙枣树旁边。

沿着沙枣树和土块房子中间沙枣花香气弥漫的小路穿过去，可以看见土块房后墙上那扇窗，那是亚森木工房小小的后窗。后窗其实就是泥墙上一个方方小风洞，没有玻璃，也没有挂布帘，只要天气不是很冷，暗淡的窗户里面，都映着亚森白瓷一样硬朗的脸和棕色羊羔毛一样的卷发。

你每天从亚森的后窗经过，都侧目去看看那扇小窗户，亚森也总是停下手里的活儿，抬眼看看你，一副若有所思的样子，然后接着干活儿。

你猜测亚森的所想，总是猜不出，就总是上学和放学路过时，想探究他那副表情，像是把不会做的算术题多看上几遍一样。久而久之，你看他成了一个习惯，他停下活计若有所思的神情，也成了他的习惯表情和动作。

这个静止的镜头反复地出现在那个小小的方窗内，像一幕每天都看的小电影，让你觉得回味不尽。

有一天你放学晚了点，路过小窗没看见亚森的脸，你走近了往里看，到了墙根一探头，见亚森正坐在凳子上端着碗喝茶，看见你，把碗放下站起来，对你招手，你被他的动作惊吓，拔腿就跑。

以后你每次上学路过，都不敢正眼看那扇窗户，只偷偷一瞥，余光瞥见亚森惨白的面孔，看不清他的表情。下午放学回家，你的路正对着那扇窗户，你低着头努力不使自己去看他，还是感觉到有一只手在窗口晃动。后来每次来去，你不再拿眼睛去看那扇窗户，你觉得那扇窗户开在你身体里某个隐秘的地方，看不看，都能感受到有一只手向你晃动，晃得你心慌、头晕、目眩。

过节，家里来了客人，爹爹让你去亚森的木工屋里借凳子，你的心腾腾腾地乱跳。你慌慌张张奔过蒿草路，跳过渠沟，你在沙枣树荫下站住，把蹦跳的心从嗓子眼咽回去，推开了亚森的屋门。亚森正在刨木板，金黄的刨花堆在地上，散发着一股松香味。亚森停了手抬头看着你，像是早就料到你要进来，仿佛你早就站在他当面，他本来就一直那样看着你，一点也不惊奇。你紧张地把双手背到身后贴住墙，心突突地跳。

亚森似乎知道你在打哆嗦，伸手来抚你的肩头，你一躲闪，他的双手落了空，一刹那仿佛一下子被你躲闪的动作激活了，满屋子追你。他从后面扯住你裙子，你转过头来眼睛一眨不眨地看着他，他一时愣了，不敢看你的眼睛，好像想不起来该说啥，垂下头，你觉得他用一把看不见的锯子，把连接你和他的目光从中间锯断了。他含糊地说了句“喜欢你”，说完就放手了，好像他抓住你就为了说这句话。

等你拿了两把木凳逃出屋子，回头还见亚森愣在原地，好像忘记了该做啥。你闻到一股松香和沙枣花混合的味道。

第二天再路过亚森的小窗，你突然很想看看亚森，你停下来，看见亚森用一只手伸到窗口围成一个圈，用另一只手的一个手指来来回回地穿过这个圈，想让你明白什么。见你站在路中间愣着，亚森微笑着，眼神定定地看了你一会儿，拿了一根小木棒，在一只手围的那个圈里上下柔和地滑动。你先是想到了牲口之间发生的事，脸忽地热了，胸膛里开始乱跳。

你隐隐地把那个动作和男女间那种隐秘的事情联系起来。这个平常小孩子之间对骂时常做的粗野的侮辱性动作，由亚森的两只手缓慢地做出来，一点也不粗暴，他的手指好像在跳舞，又好像乐师的指挥棒在他手里优雅地划动，你身体里的某一处平时紧闭的漆黑的孔，被这个迟缓温和的动作触动、掀开，接着缓缓地游过几缕软绵绵的光亮，那丝丝光亮积雨云一样，随那根小木棒在圈内轻柔地搅动，好像进入你体内不知名的地方游移了片刻，然后随一阵风融解消隐到潮湿的黑暗里去了。

那天下午，家里的人还没有回来，你刚洗好澡从大洋铁盆里出来，虚掩的门吱呀一声被推开了，你向门扑过去，想切断的开门声音，挡住被推开的门，已经来不及了，亚森已经惊立在你面前，你甚至可以感觉到他高耸的鼻子里的呼吸喷在你脸上，你看见他的鼻翼猛烈地煽动了几下，你愣在他面前其实只那么一瞬间，可那一瞬间被惊惧无限拉长，他断断续续含含糊糊地说着什么……

黑漆漆的屋里，昏暗的煤油灯下，你意识到自己赤裸着站在一个男人面前，他发光的眸子里映着通体发光的你，你恨不得长了羽毛从窗户飞出去，你看见炕上放着还未完工的你未来的“嫁衣”——你像一只山羊一样从地上敏捷地跳到了炕上，抓起狐狸皮大衣，飞一样地裹在身上，他呆立在门口，仿佛猎人看着站在陷阱边缘的狐狸……

你可以感觉到他那双火一样的眸子追随着你，那件金色的狐狸皮“嫁衣”仿佛被他的眸子点燃，在你身上化作熊熊燃烧的烈焰。你扑过去企图夺门而逃，亚森高大的身影像一尊塑像一样矗立在门口。

亚森看到惊恐万状的你，不停地对你摆手，口里连续不断地重复着：“没事的，不要怕，没事的。”你觉得他这些话是说给他自己听的，因为你看到他站在原地，摆动的双手在打着哆嗦，像是猎人不小心站在了陷阱边上，他一边摆动着两手，一边往门口倒退，以投降的动作和姿势，一直退到门外去……

他像一个被缴了械的士兵一样，对着你举起双手喃喃自语：“你不要怕！你美得像一位天使，感谢上天，让我在你最美的时刻，让我用眼睛领受了你的美，但是他为什么让你生得这么晚，你真的太小了，不然我今天就向你求婚。”

他说完这一切就转过身去，掩上门走了，把惊恐万状的你留在门内。你对他所说的话似懂非懂，你分明看到他眼里没有一丝邪念，含着圣洁的泪光，那些泪光没有打动你懵懂的心，却秘密地掩埋在你 14 岁的记忆里。

后来你很少看到亚森，他似乎也有意地回避着什么，又似乎忘了他那一个刹那间向你求婚的举动。只是有那么几次，当你路过他独居小屋的后窗时，那里会有一个高大的身影默默地目送你走过，没有表情，没有言语，静静地站着，仿佛一尊雕塑。

假如他向你的父亲提亲，一向相信爱情的父亲说不定会把你嫁给他，开明的爹爹对此应该有他充足的理由，因为我的母亲就比父亲小 22 岁。你猜想，喝醉酒后，亚森会不会向爹爹谈起你 14 岁的那个秘密。爹爹会不会把你的来生许给他。

在爹爹眼里，他的朋友亚森的确是一个才华横溢的人，而且举止又是那么的优雅高贵。他说得对，你的确太小了，他在萌生娶你这个念头的同时就必须打消它，感叹一件东西很美，又与它无缘，这种感觉太残酷了，他看你的眼里闪着绝望的泪光。

也许在那一刻，穿狐狸皮大衣的你，在他眼里幻化成了他日夜思念的俄罗斯金发女郎。他冷不丁对着14岁的你说出的那些古怪的话，正是他日思夜想着要对另一个人说的，或许他那么说，仅仅是为了抚慰一个小女孩在一个男子面前失态后惊恐的心。

他的话证明他骨子里是个极其传统的男人，尽管他受过高等教育，留过洋，但他仍认为一个姑娘，只可以在自己的丈夫面前才可以这样袒露自己……他是一个多么善良，多么绅士的男人。

亚森在40岁的时候迎来了他一生中最灿烂的阳光，他平反了，调到他最向往的、给他留下过最美好记忆的那座边陲城市，在师范学校当了俄语老师，在那里他遇上了这一生致命的爱情。

村里人都说，亚森太相信爱情，是爱情杀了他。你相信一段残酷的爱情，是足以杀死一个像亚森这样的信仰它的人。那一场比罂粟花还要美丽的爱情夺去了他的生命——他的会跳华尔兹的金发天使无情地抛弃了他，他敏感而脆弱的神经就此崩溃了，无法工作的他被送回了村里。

你没有看到，生命里第一个求婚者一夜之间须发苍苍、蓬头垢面的模样。当你完成大学学业回来的时候,亚森已经安静地躺在墓地里,所有的秘密都被黄土掩埋了……

那件你只穿了那么一次的"嫁衣",也在亚森去世的那一年被人偷走了。父亲在念叨朋友亚森的同时,也总是念叨那件大衣,说他用了9只颜色一模一样的狐狸的皮,那皮是他请了最好的皮匠加工的,那做工是他做了一辈子裁缝的顶级手艺。

爹爹一直不知道,那件"嫁衣"早已完成了它应该完成的最美丽的使命。它真的太美了,在那个深秋的晚上,在昏暗的煤油灯下,美得让村里最有才华的绝世美男子,对着他14岁的女儿发出了一次最奇特的表白……

那无法挽留的一幕,如同一个美丽的假象。那时,亚森14岁的"梦中新娘"包裹在爹爹为她做的绝世"嫁衣"里,在突如其来的爱情中瑟瑟发抖,那一刻,在求婚者眼里,她美丽得如同传说中的狐狸仙子……

一堵墙用裂缝说话

村庄里的墙,被和泥巴打土块、打夯盖房子的人砌进很多秘密,这样的一堵墙,吞进了多少村庄的沙土,就会吐露多少村庄的信息。

经年的墙慢慢开裂,透光透风,会顺便把一些东西悄悄透露出去,多数秘密都漏到屋后的河坝里,或者被风吹进墙背后的羊圈里。羊圈一般都是土打墙,也没有用泥抹过墙面,风吹雨淋,年辰久了四处漏风,连小羊都能漏出去,根本关不住秘密。

烟火的气息钻进屋顶芦苇的管子里,一根根芦苇都被熏成了烟鬼,夜里能听见它呼噜呼噜地吸气,芦苇里灌满河坝的秘密,被烟气熏烤成另一种成色,像父亲被莫合烟熏烤的手指，焦黄灰黑。飞絮带着芦苇的秘密，在半空里飞来飞去，飞过棉花地、玉米地，女人和男人秘密的对话，随飞絮被吸入，掩藏在屋顶芦苇的缝隙里。

房子和羊圈里，都是人和羊的秘密。羊圈里的羊把古丽和大头脱衣服脱裤子的事，偷偷说给墙听，他们黑暗里的喘息，被裂缝传出去，隔墙的单身汉子偷听了去，传给村庄里的风，风在墙上开出一个洞，在洞里装了耳朵和眼睛，秘密被呻吟掏空后，又被风言风语灌满。

父亲不断地和泥，隔段时间，墙就要重新糊上一次。不多几日，太阳烈一些，裂缝就会重新显现。他用沙土和稻草、麦草和泥巴，想让墙泥变得牢固一些。那些钻进土块的缝隙，被泥密实地糊住透不过气的，都是些经年的隐秘，密不透风，比如古丽一天天大起来的肚子，到底是谁干的好事。

裂缝的危险来自墙里，墙皮上显示的只是一种表象。父亲只看到墙皮，他似乎否认不是墙里面出了问题。沉默的墙，只有靠裂缝说话。墙要说话的时候，就咧出一个口子。裂缝成了墙唯一的表达，把危险和恐惧展示给人。看惯了到处是裂缝的房子，就会觉得，一面太完整的墙，像一个哑巴。

四处漏风的墙，看着多嘴多舌，却比没有窗户和裂缝的外间屋子安全。外间屋子只有一扇门，黑漆漆的四堵墙，屋顶开了个天窗，露着一线天光。冷天里天窗堵着，热天天窗是一张朝天的嘴，偶尔燕子看见人没有留门，像黑色的叶子从天飘入，让天窗的白扑棱棱一阵黑，除此以外，天窗从早到晚像个朝天的喇叭，又空又圆又大，仿佛这张嘴说话，不是说给人间的，没一句能着地，风一卷就上了天，谁听没听见，天窗也不在意。

父亲说，一面再完整的土墙，早晚都是要开口说话的。墙说话，直接采用了裂缝这个形式。墙的话不从门窗走，它要说它自己的话，自己的话就要从肚子里、胃里、心窝子里掏出来，墙急着挤出几句话，声音一大，嗓子就挤破了，墙面上就咧出一条条缝，先开始细细的，墙的话越说越多，嗓门越来越大，缝就越咧越开，最后裂开的口子都合不拢了。

这个时候，父亲又开始和泥巴糊墙。父亲发现泥稀了不行，抹不住口子，泥稠了也不行，太重粘不住墙，不一会儿就脱落下来。父亲只好往泥巴里面添水，加稻草和麦秆，泥巴就有了韧劲，稻草和麦秆横竖交错在墙上，把裂缝捆住，它们用经纬交错的细小纤维绑架了整个墙面，让裂缝像一个秘密一样，消失在墙里。

我知道那是暂时的。父亲在墙的嘴里塞满了泥土、沙子、稻草和麦秆。父亲每天堵住墙的嘴，就像邻家的古丽睡着了，父亲开玩笑用棉花堵她的呼噜。

过了几天后，他几乎忘记了墙从哪里开裂的。父亲在一面到处是裂缝的墙面前,成了一个瞎子,他欺骗了自己,墙用稻草和麦秆的掩盖,让他相信了那些裂缝是不存在的,父亲逼迫墙隐藏了裂缝和危险。我们住在稻草和麦秆交织充满裂缝的墙里,假装忘记了恐惧和危险。其实住在四处裂缝的墙里面,比住在结实的监狱里还要危险。

裂缝盘踞在墙面上,像钉子钉在木板上,仿佛这面墙就是为裂缝而生。有病的墙体承载着这些裂缝,龇牙咧嘴,破裂,抵抗,无法愈合的伤痕,不完整和疼痛,仿佛不是裂缝的,而是整面墙的。父亲明明知道墙的开裂是从里面开始的,不知道为什么,他总是用泥巴墁住表皮。

墙基因为裂缝而变得动摇,墙像老人松动的牙齿,显出老态,墙缝开始漏土,开出窟窿,先是蛇钻进来,接着老鼠、耗子窜进来,猫钻进钻出,窟窿越刨越大,鸡和狗干脆在墙角做了窝。

墙体似乎变得越来越沉,硬生生地撑着压下来的肥胖的墙肚子,墙鼓胀着,变得矮胖、浮肿,混合着稻草和麦秸的泥巴糊得再多也无济于事。父亲在窟窿里添泥沙和碎土块,修补后的窟窿不是实打实夯出来的,没有劲道,鸡和狗一刨就开了。

冬天那些窟窿里塞满了冰雪,屋子怎么也烧不热,西伯利亚刮过来的寒风彻骨,裹挟着冰雹打破墙的沉默,从屋子的各个方向进来，袭击我们，裂缝和窟窿用冷酷的叫嚣威胁我们，我们一家人在一个又一个长长的严冬里，感觉住在一条又一条裂缝里打哆嗦。

那年父亲离开后，我们再也忍受不了漫漫寒冬里墙上那些窟窿和裂缝，老房子废弃，檩子和椽子被邻居家抽走，四堵墙坍塌。缝补过墙的裂缝的稻草、麦秸秆，软塌塌地萎弃在地，房顶的芦苇戳在地上，直指着天空说话。自由了的墙，重新回到它的原貌，在雨水和雪水中，融化为泥土、沙子、稻草、麦秆……

村庄里，曾经属于我的老房子，如今已经没有墙，也不存在裂缝，只剩下一片废墟，在镜子一样明亮的阳光下摊开着，寂静无声……

牛虱子·刀子·绳子

牛 虱 子

村里人避开你和妈妈，聚在邻居家比比划划，指指点点。那些声音贴着墙根，嗡嗡嗡地围着你家的院墙打转，墙根的影子也比爹爹在家的时候深了许多。偶尔有一两句撞在门窗上，又被转来转去的旋风吹跑了。人们朝你家的方向投来诡异而短促的目光，生怕到声音里面的东西被你和妈妈捕捉。

邻居哈尼帕一遍遍给不断围拢的人指，指头抬得很高，几乎指到了半天上，人们在指一个自己也不太确定的地方时，指头就会抬到半天上，你顺着那个方向往远处看，只看到大锅一样的天空在村庄尽头盖下来。你没有去过那么远的地方，不知道那锅盖边上有啥。

跟妈妈亲近的回族干妈赶过来，用话语探刺妈妈“娃他爹去了哪里”，妈妈摇头。

“爹爹去了野地。”你抢着说。

妈妈用目光制止你。

人们用暗示的眼神传递着只有他们清楚的秘密，眼睛里闪过惊骇。

你不知道爹爹是给汉族人家看尸体去了，那天晚上爹爹的羊皮大衣是妈妈帮他披的，大衣口袋里你用手绢包好塞的几个鸡蛋，是妈妈一早起来给他煮的。走的时候，爹爹皱着眉毛，四处看看，像是努力在想忘记了什么东西没有，最后啥也没说，拉开门出了院子。

爹爹走了的三天，你没看出家里有啥不一样，妈妈跟往常一样做饭、喂鸡、饮驴，给妹妹洗尿布片子，哄睡了妹妹，妈妈给玩得满头泥土的弟弟洗澡，帮你洗头。梳头的时候，妈妈从你的头皮里拉出了一只牛虱子，牛虱子被她扯断了腿，血淋淋的，妈妈看见了血，眼睛扎疼了似的眯成两条缝，好像要把看在眼仁里的牛虱子挤出去，细密的皱纹受惊了一样向两个眼角逃过去。

妈妈说这只是母的，有蓖麻大，发白，一肚子血。牛虱子公的像黑豆那么小，红红的，钻进牛皮用钳子夹才能夹出来，好像嘴上有吸盘。

牛虱子在你头顶掏了一个小洞，把自己塞进去，妈妈吃力地用木梳齿把它抠出来，它鼓鼓的肚子周围，大半圈细细的腿在模糊的血肉里蠕动，妈妈捏着它，把它扔进了灶火里。你知道牛虱子是踩不死的，踩到地上踏扁了还会活过来。

妈妈帮你扎住头发，站起来去洗梳子上的血，洗完了回来坐在炕上，眼睛直勾勾地盯着挂在墙上的花布墙裙。

“牛虱子钻进脑子里，会把你的脑子吃了。”

“牛虱子把我的脑子吃了，我就得死了。”

“脑子让牛虱子吃了，人就疯了。”

晚上睡觉，妈妈用一根大木头棒子，把房门从里面顶住。平时为了省油，天一黑妈妈就催你和弟弟上炕睡觉。那夜妈妈点了一晚上油灯。她不住地盯着门缝看，看完了摸摸你的头，像是害怕牛虱子爬回来，钻到你的头发里。

那个小洞流了半天血，结了指甲盖大的一个疤，疤硬硬地鼓起来。你挠头皮的时候，从头发里抠出豆子大的一个黏着头发的痂，干干的牛毛棕色。疤掉了的地方，留下一个凹痕，能盛下一个牛虱子，坑里面荒了，不再长头发。

刀　子

牛虱子吃了你的头发根，就被灶火吞掉了。

那把刀子吃掉了妈妈的脑子。它比牛虱子厉害，灶火啃不动那把刀子。

爹爹回来时,你给爹爹包的几个鸡蛋,换作了那把刀子。它从爹爹的羊皮大衣口袋里掉下来,闷闷地落在地上,刀刃裹在厚厚的干血里,像刀的伤口结了一层硬硬的痂,包裹着刀子的手绢跟血迹黏在一起,灰白的手绢像是刀子撕开的皮肤。

妈妈像烧掉牛虱子一样,想烧掉那把刀。刀子飞进了火里,你看见手绢在火里蝴蝶一样张了张翅膀,眨眼就萎成几片灰粉。刀子边缘的血痂像锅巴,被火苗嚼得噼噼啪啪,火的软牙咬不动那把硬硬的刀子,妈妈瞪着被火光烧红的眼睛,从灶火里刨出刀子。

那把刀的红光刺进了妈妈的眼睛,她的眼睛紧闭。刀光刺进了她的嗓子眼,她扯开嗓子尖叫,刀光刺进了她的脑子,她被那把刀指挥着拿起铁锤,向着刀子砸下去,刀跳起来,妈妈也跳起来。

妈妈攥住那把活了的刀子,像攥住一条蛇,她的手心里溜出一小股青烟,细细的,像毒蛇的尾巴。

你看见刀子带着妈妈飞起来,妈妈张开胳膊,妈妈赤着的脚离开了地面,从家门口的尘土里飞出去,她的白帽子飘落在地上,长辫子散开,像受惊的野马的马鬃,高高地扬在扑起的尘土里。马鬃在半空里晃了几圈,没入了河坝。

那把刀子把妈妈抛进了河坝,它给了妈妈魔一样的力气，妈妈像鸟一样飞过了河坝里一房高的芦苇，就在河坝的芦苇中间，刀子丢下了妈妈，妈妈一脚踩在倒下的芦苇上，一脚插进泥沼里，停在河坝中间。

爹爹和小姨一前一后，在泥沼里张开胳膊，分开高高的芦苇，像飞不起来的鸡，向着妈妈吃力地扑腾着翅膀。你站在河坝边上，看被搅浑的泥水吐着气泡。河坝吃掉了那把刀子，噎住了，在打嗝。

你挠挠头顶心的那个小肉坑，坑里面滑滑的，坑的边缘鼓着硬硬的头皮，手指尖陷在坑里，可以感觉到自己凉凉的。

牛虱子用一个不长头发的窝，占住了你头顶心的位置，很长一段时间，你都担心牛虱子会回来，在你睡着的时候，吃掉你的脑子。你怕自己变得跟妈妈一样。

绳　子

妈妈疯了的那天，门前的那道绳子上一件衣服也没有晾，只有爹爹的呼叫和小姨的沉默晾在绳子上，那道绳子绷住了院子里矮矮的天空，在半天空勒出了一道淡淡的印痕。

小姨用胳膊把自己搭在门前晾衣服的绳子上，你有些吃惊，小姨好像比平时胖，身子很重，绳子的那头压下去一道深深的弯。她把脸埋在臂弯里，样子像是困极了，半个身子无力地挂在绳子上。她的长辫子有一段纠缠在绳子上，像是另一道打结的绳子。

你知道小姨不是睡着了。小姨睡着了是会打呼噜的,你看见过小姨睡在炕上打呼噜,爹爹拿了一团棉花,放在她大张的嘴里,后来小姨醒来知道了,就跑回去了,羞得很长日子都不敢再来见爹爹。

爹爹灰扑扑地扑过来,把自己交给绳子,在绳子的这头压出了一道浅浅的弯。爹爹把青筋暴起的手放在绳子上,把干瘦的脸端在手上,仰头向天,嘴里呼求着:“苍天,你让娃他妈疯了,我一个男人家,领着三个娃娃咋办。”

爹爹说的是汉话,似乎不是说给老天,更像是说给小姨听的。你看见院子上空空荡荡的,半天上只有那道绳子。你只有五岁,爹爹不会想到说给你听,你想想就是把你整个挂在绳子上,也压不出像小姨那么深的弯。

你看见爹爹的话沿着绳子爬进了小姨的耳朵,小姨的耳朵就侧在绳子上,像是绳子上长出了一只耳朵。绳子听见这句话,那个深深的弯就变浅了,接着又深了回去。你感觉爹爹可以从绳子的抖动,还有小姨那头那个变浅又变深的弯度,判断出绳子那头的耳朵接住了他的话。

爹爹的声音传到了半空,最后又跌落在绳子上。天空里没有耳朵接住爹爹的话。你感觉绳子的另一只耳朵,长在靠爹爹这端,爹爹说完那句话,他这头的绳子似乎吃了一惊,跳起来,一下子把自己绷直了。

小姨趴在绳子晃了一晃,然后一动不动,无声无息地像是真的睡过去了。爹爹无助地埋下头,脸停在手上,手停在绳子上,爹爹像贴在绳子上的纸片或者枯叶,你担心一阵风就能把他吹跑。

绳子晃动起来,你看看两端拴绳子的木桩子,下面的沙土里像是被丢了一窝蚯蚓,木桩开始松动。你光着的脚丫用力踩住地面,牢牢地把自己扎在两个桩子中间,像打进土里的第三根木桩,拼命地支撑住绳子上爹爹沉沉的秃头和小姨的倾颓的肩臂。

马　圈

马圈里的几十匹马，从马圈外面看不到。马圈围着比马还要高的土打墙，跟马一样威风。从马圈外面只能看到高高的干草垛子，草垛子在马圈的正中间，阔气地占去了半个马圈的位置。草垛子旁边是碾玉米、碾麦子的场院，旁边堆着很多石头碾子。

在外面干活的马，一回到马圈就不停地吃草料，那些草料都是由阿哈提兄弟几个用铡刀铡碎倒进马槽里。每匹马都有一个固定的马槽，马槽边是拴马的桩。地上打扫得干干净净，马圈看起来就像军营那么整齐。

也有在马圈里干活的老马，它们在围着马圈院墙建的土房子里慢吞吞地拉磨，磨米、磨面。老马眼睛蒙着布，走得很慢，石头的磨盘发出咯吱咯吱的响声，老马听着响声拉着磨打转。爹爹跟在老马后面围着磨打转，他把带来的豆子倒在磨盘上，拿了把小扫帚，把磨好的豆粉扫成一小堆，再捧进面袋子里。

你喜欢磨房旁边打铁的铺子，里面有架风箱，你时不时地帮着胡成霞的爹爹拉几下。胡成霞的妈妈来给家里人送下午饭，刚放下饭，小儿子下学回来，她一屁股坐在一旁的木墩子上，扯开怀襟给十岁的儿子喂奶。胡成霞的爹爹和叔叔吃完了饭，又抡起了大锤，好趁着下午凉快，修补好用豁了的旧坎土曼。火星子扑出来，在土屋子熏得黑乎乎的墙上乱飞乱窜。你丢下风箱，去追那些火星子。

阿哈提的小妹妹仗着哥哥在马圈喂马，爬到马圈的草垛子上打滚、翻跟斗，你也学着她的样子在地上的场院里翻跟斗。胡成霞的小弟弟吃完奶，抹着嘴胆怯地看着你们疯。你做出吃奶的口型取笑他，他哭着钻回了妈妈怀里，重新坠在妈妈的奶上，一边叼着奶，一边从他妈妈的怀里探出头，对你做鬼脸。

你和阿哈提的小妹妹翻跟斗正在兴头上，阿哈提从马厩里跑出来，大声呵斥："臭丫头，你骑散了草垛子，快下来，马群就要回来了。"

你和阿哈提的小妹妹跑出了马圈，落了半边的大红太阳里，映着奔跑的马群，太阳的红染得马群一片红彤彤的，马扬起的马鬃、马尾也给太阳染得像一团红晕。你觉得从你面前奔过去的每一匹马都是枣红色的。等马群驰过，站在马群后面的你才看清了这一群马，有黑的、棕的、红的、白的。

胡成霞站在马群过后的红尘里，心惊得一脸苍白。她刚出院，她在一四四团医院住院的日子，你去看过她，她还用喝水的搪瓷缸子给你打病号饭吃，那些米饭软软的，像是在水里泡过的。

你不知道胡成霞得了啥病，她似乎是吃水泡米饭吃得，像是什么东西从她身体里被抽走了，变得身子也软软的，手也软软的，声音也软软的，和你说话很吃力地喘着气，她脸上的颜色淡了很多，雀斑的颜色也从黑色淡成了黄色，你看着有点不习惯。

这时候，跑过来一匹落单的马驹，你指着马驹说是枣红马，胡成霞说不是马，是小黑骡子。你摸摸它的耳朵，它闻了闻你的手，又伸过头闻了闻胡成霞花罩衫的衣襟，打了个响鼻，甩了甩尾巴，朝着马圈跑了。

"它不喜欢闻我身上的药水味。"胡成霞有点怅怅的看看马圈。

以前马圈里都是胡成霞去送饭，自从发生了那件事。那件事传来传去很不明了，连传说都算不上。确切地说，大梁坡人根本没有用舌头去传这件事，多半是用眼神去传的。那些眼神里传来传去的东西，说不清道不明，你越看越糊涂。

这件事用舌头含含糊糊说出的部分，听起来似乎很明了了，中午，阿哈提，马圈，草垛子，撕烂，胡成霞的裤子。

中午你去过马圈，围墙边的磨房、打铁铺都上了锁，马圈看起来比平时大，比平时空旷。人都为了躲太阳去午睡了，马圈里一点声响也没有，静悄悄的有点瘆人。几匹老马在马圈角落的食槽里安静地吃草，马圈顶棚上漏下来的正午的日影，落在地上、马的身子上，顶棚上搭着的木头和芦苇的阴凉，也落在地上、马的身子上。

傍晚到来的时候，你喜欢看马群回圈，红彤彤的日影里，马群的颜色红得让你的眼睛充血。胡成霞惊惶地跑出来，站在她家门口的小土墩上看马群。让你高兴的马群，却让胡成霞胆战。你被满眼枣红刺得近乎色盲了的眼睛，在她的脸上渐渐恢复了辨别颜色的能力，你看见雀斑隐在她苍白的脸色里，那些马儿掀起的红云并没有染红她失血的脸颊，反而衬得她更加面无血色。

谁也不知道那些传言是谁先传播的，也没有人能证实那些传言是真的，本来就胆怯的胡成霞变得更寡言少语。碍着那些传言，你不好问她什么，每次看见你，她嘴角似乎挂满了想要解释的欲望，一遇到马圈围墙包围过来的影子，那些脸上的雀斑就愁云一样浮上她的脸上,制止她诉说的欲望。低头看着黑压压地在她脚尖上的影子,她嘴角的愿望就逐渐暗淡下去,接着她整个人,也在重重的影子里黯淡下去。

你也低头看自己的脚,脚上那双鞋子是胡成霞叫她妈妈比着她的脚做的,胡成霞的脚似乎长得比你的快,你的脚还夹在窄小的黑色条绒拉带鞋里,她的脚已经长出去一截。你低头打量胡成霞地上的人影,也比你长出很多。

村里人走路都避着胡成霞,除了你村里没有人愿意跟她说话。从马圈里回来的人,都绕着胡成霞站的小土墩子走开,她家门前的那条路渐渐地长了荒草,离开她家几丈远的地方,人们重新踏出了一条小路来。马群在每天的傍晚,照原路冲过胡成霞家的门前,奔向马圈。

你穿着胡成霞妈妈做的拉带鞋,大着胆子跟着胡成霞进了她家院子,就像进了马圈里一样有点心惊,胡成霞紧紧拉着你的手,像是一松开就怕你跑了。兴许是怕晒出雀斑,胡成霞的头巾几乎遮住了眼睛,你看得见她她眼睛里潮乎乎的亲热。

院子里摊满了从地里割来的苞谷秆,上面还长着苞谷棒子。胡成霞说爸爸妈妈怕她身体不好,不能走远路,就把地里的苞谷连秆子割回来,让她一个人在院子里掰下来,再搓下玉米粒,等搓完了,妈妈再拿到磨坊里去磨面。说到磨坊的时候，她的眉毛皱了一下，脸色变得阴沉下来。

你帮她掰了一会儿玉米棒子，离开的时候，她拿出自己的花罩衫用布包了送给你，把自己关在了院子里，你听见她从里面顶上了院门。

第二天，你穿了胡成霞的花罩衫去马圈，场院里马拉着石头碾子在打场，村里老老少少围在场院里，在搓碾子没有碾碎的苞谷。看到你跑进来，阿哈提像狼看见了火一样远远地躲开。老老少少都停下手里的活儿，他们大概以为是胡成霞来了。喀汗看见是你，向你吐了口唾沫。

银花厌恶地抽了抽鼻子，朝地上吐了口唾沫。

大人们在忙手里的活，银花、喀汗和孩子们在探究你身上的花罩衫。

大头一个趔趄被推到你身子旁边。

你瞥见阿哈提躲在草垛子后面，探出耳朵听动静。你心里知道，他在躲你身上那件花罩衫，就像胡成霞躲着磨房和马圈。

胡成霞的花罩衫，上面镜子一样映着：中午，阿哈提，马圈，草垛子，撕烂，胡成霞的裤子。

谁也不知道那些传言是谁先传播的，也没有人能证实那些传言是真的。

隐秘的事情Ⅰ

爹爹与妈妈只有四年正常恩爱夫妻的生活，生了妹妹的那一年，妈妈精神失常，然后愈演愈烈，失常了三十年。这三十年，爹爹一天天趟过老河坝一样又苦又咸的日子，不知道作为一个男人，爹爹是怎么过来的。

爹爹应该痛惜过自己，有一年冬天，爹爹骑着毛驴，驮着妈妈一次又一次地去公社，为的是办离婚手续。每次走之前，妈妈都答应到了那里会同意离婚的。

可每次回来，爹爹都说，这个"苕子"（傻子），一点都不"苕"，聪明得很，家里答应得好好的，到了地方当着别人，就说不同意。口气里似乎很替对妈妈存余的那点脑子感到骄傲。毕竟是自己爱过的女人，发疯后，父亲还爱她，她为他生了三个孩子。

那时候离婚,都是要双方同意的。可怜的妈妈到了决定命运的关键时候,脑子就不糊涂了。毕竟一个回族女人离了婚,就意味着要一个人过完后半生。

尽管爹爹一不如意,就打她骂她,毕竟心里也是疼自己的女人。还有一些说不清的原因,只有妈妈知道。总之婚没有离成,整场事情看起来,像是半个脑子的妈妈,跟聪敏绝顶的爹爹玩智斗。最后妈妈赢了。

到了春天,毛驴都跑瘦了,爹爹从痛惜自己,变得开始痛惜自己的驴。他说妈妈骗人,把驴都折腾坏了,驴春天还要下地干活呢。

爹爹开始安心地喂驴、养鸡,给羊上膘,一家人的日子,又回到了自家眼里的正常,一天天继续下去。从那次开始父亲对离婚死了心。妈妈也肆无忌惮地开始发她的疯,她似乎知道自己赢定了,无所顾忌了。

我们几乎没有看见过爹爹和妈妈躺在一个被窝里,但是弟弟妹妹依然一个接一个地出生。我从来就不知道,爹爹和妈妈什么时候过夫妻生活。我猜测他们之间会有默契和会心,虽然妈妈的意识沉睡了,但人的本能在每时每刻都醒着,而且妈妈那时还很年轻，而比妈妈大 22 岁的爹爹应该知道这一点,所以他是用自己残存不多的温存,来竭力安慰另一个身体，一个意识混沌不清的女人焦渴的身体。

他们是怎么做到的，而且要做到无声无息？精神错乱的妈妈，或者她本能地知道，为人父母，这样的事被孩子发现是羞耻的。

他们很好地隐藏了这个秘密，妈妈用自己仅存的理智守护了孩子心眼的洁净。我们和爹妈在一个炕上睡到长大，爹妈却从来没有一次为这样的事让我们尴尬，我和弟弟妹妹对此，保持了那个年代的孩子应有的懵懂。爹妈在我们眼里一直是神圣的。

爹爹和妈妈感情的黏合剂应该是那些曾经美好的记忆。尽管好景不长，唯其不长，才显得珍贵。人的一辈子，反复记忆的不也就几个刻骨铭心的镜头。但是当我长大之后，每想到爹爹三十年抱疯妻而眠，就觉得悲凉，悲凉到骨髓里。

很多时候，爹爹脸上显出苦行者的孤寂。

在大梁坡盛满母爱的大自然中，爹爹像个孩子，总能和我们一起找到充满童趣的乐事。他带着我们捉刺猬、捕麻雀、捕蛇，看燕子在屋梁上衔泥、做窝、喂幼燕。对于大梁坡赐予他的这一切，他比我们更经心。

那年，那对燕子没有如期归来，爹爹用一年的时间等待。他不断地猜测着，几乎隔几天就替燕子找个理由，最后安慰自己:燕子一般不会走错门的,大概我们晚上睡着关了天窗,它进不来,选了别的人家去垒窝。

为了燕子回来不迷路,爹爹白天黑夜不闭户,一扇窗户都没有的屋子圆圆的小天窗和门,从这一年初春开始,一直等到秋天霜降才关上。

爹爹对一对燕子的用心,甚至胜过了任何一个试图靠近他的女人。对燕子可以敞开门户和天窗的爹爹,从来没有让哪个女人推开过他的情感窗门,他的情感世界隐秘到几乎没有留下什么蛛丝马迹,如果不是万分悉心地收藏仅有的几个隐秘镜头和细节,爹爹的情感世界看起来几乎是空白的。

哈斯木的老婆是我亲眼见到对爹爹卖弄风骚的大梁坡女人。孩子的衣服她自己会缝,她自己的花裙子喜欢找爹爹缝。爹爹帮她缝裙子的时候,她靠在缝纫机边,捏着平时粗声大气的嗓门,媚声媚气地跟爹爹挤眉弄眼,挑逗爹爹。爹爹一言不发地踩缝纫机,看上去面有怒色,又不便发作。

哈斯木和老婆很恩爱,这个爹爹很清楚。或许恰恰这样,这个女人的眉目传意,伤了一个像爹爹这样守着疯婆娘过活的男人的自尊,她的卖弄风情类似给一个饿汉扔一块干骨头。她认为拿准了这一点,爹爹这样干渴的男人,一定渴望像她这样的聪慧伶俐的美妇人。

爹爹当时的冷漠或许说明，他能够判断出这个女人类似施舍的调情里，多少含有揶揄加同情的成分。这个女人之所以揶揄，是因为对爹爹冷冰冰的态度心怀不满。这个高挑美艳的女人自然知道自己的魅力。她不明白的是，一个健康的男人居然能一辈子守着一个疯女人，对周围其他漂亮女人无动于衷(其实说实话我到现在也不明白)。或许爹爹对她美貌的无视，让她产生了想戏弄爹爹的念头。

当然，这事并未影响爹爹和哈斯木家的正常人际交往。每当爹爹有事去哈斯木家，哈斯木的老婆也大大方方端茶殷勤招待。似乎缝纫机前尴尬的那一幕从来不曾发生过。

试图挨近爹爹的女人不止哈斯木的老婆一个。只是爹爹对女人总是怀有警惕和抗拒。从南疆嫁过来的阿吉罕居然当着众人跟爹爹开玩笑，说她跟爹爹年轻时就相识，可惜爹爹那时瞧不上她，想要找更漂亮的。她大概不知道我妈妈的情况，弄得爹爹在一群大梁坡女人面前尴尬无语。

我五岁时跟爹爹一起，在老沙湾镇的街头撞到了一个女人，这个女人后来一直出现在我们一家人的生活里。

那天在十字路口，迎面闯过马路的那个维吾尔族女人，几乎不顾一切地扑上来，牢牢挽住爹爹持鞭子的手不放，鞭子死死地夹在他和女人中间，他无法对大黑驴发号施令。

爹爹的第一反应是跳下车,试图让车停下来。猛然勒住的驴缰绳,让大黑驴和驴车连连倒退了几步,他用力甩开女人的胳膊,抽回他的鞭子。驴车前进的惯性形成反方向的作用力,让他推开的动作变成他与女人挤在一起,车停下来,爹爹有点粗暴地推开了女人,女人幽怨地看着爹爹,眼角有些潮湿。

爹爹可能意识到自己的冷漠,气氛稍稍缓和了一下。爹爹下意识地回头看看，女人这才注意到我和弟弟坐在车上，正定定地看着这一幕。爹爹的眼神里闪过一丝抱怨,他最不想让我们看见的一幕,还是被我们看见了。

自从那次路遇后,那个女人经常来家里,在我们记忆里留下了一些很家常的镜头。爹爹说,她是爹爹在南疆的远房表妹,爹爹让我们叫她姑姑。

冬天姑姑来我们家有时是大清早,我们还没有起来。她抱来柴火把炉子生起来,用她带来的平底铁锅给我们烙玉米面饼。这个时候她有点像爹爹故事里的仙女。等我们醒来的时候,热腾腾玉米大饼摆在小饭桌上,茶在碗里冒着热气等我们。我们穿好衣服洗手洗脸,她把洗干净的毛巾递给每一个人,爹爹接过毛巾就捂住脸,眼睛并不去看她。

夏天,姑姑带了癞痢头儿子哈迪尔江来我家。爹爹为了治哈迪尔江的头,去河坝边捕了三条蛇,放进瓶子里晒成蛇油,每天涂在哈迪尔江的痢痢头上,我们不愿靠近那个满头蛇油的恶臭的孩子,整个夏天,他一个人坐在墙根背阴处默不作声地玩沙子。只有爹爹和他妈妈不嫌臭。爹爹在筷子上绑了棉花给他搽蛇油的时候,他妈妈坐在一旁扇走围上来的苍蝇,眼角潮湿地看着爹爹,一言不发。

等爹爹用蛇油治好了哈迪尔江的头以后,紧接着发生的事情很奇巧:弟弟的头被发疯的妈妈塞进了火塘。那个傍晚,姑姑抱走了满头黏着炭火冒着烟的弟弟。

我们不知道当时还在吃奶的乳儿,在这三个月里姑姑是怎么喂养的照料的。后来听爹爹断断续续地说起,姑姑每天给他煮粥、熬玉米糊糊,苍蝇在弟弟头上下了蛆,姑姑用针一个一个地挑出来,再用紫药水消毒。为了躲开苍蝇和蚊子,弟弟在不见光的黑屋子里待了三个月。

姑姑用神奇的手,抹掉了那个傍晚降临在我们家的一个噩梦,把一头乌黑的头发还给了弟弟。弟弟被姑姑送回来的时候,头上一点烫伤的痕迹都没有。

这件事情的始末,仿佛是上天给姑姑一个机会,还爹爹的一份情债。

那个夏天，爹爹因为“投机倒把”，被镇里用卡车拉去批斗。我们听到有人说起爹爹在棉花加工厂劳动改造，姑姑去看过她，就顺着别人的话，找到了姑姑家，她住的镇郊那个地方，爹爹曾经带我们去过。

姑姑怕我们饿着，给我们一人一个玉米面馒头，倒了两碗清茶。家里只有她一个人，哈迪尔江的爸爸前几天殁了，他早上还在稻田里插秧，中午回来说肚子里长了个硬块，当天就断了气。她说哈迪尔江去地里插那些他爸爸没插完的秧了。

等到我第二年再去看姑姑，她已经嫁给了离镇里很远的贫困村里的孤寡老人。那个老得连路都走不动，话都懒得讲的白胡子老汉，拄着拐杖坐在门口晒太阳打盹，一个劲地地咳嗽着，等姑姑和哈迪尔江干完活回来伺候他。

回来我问爹爹，姑姑那么漂亮，为什么要嫁给那个病老汉，还要跟哈迪尔江一起挣钱养他，她不能不嫁人吗。爹爹皱皱眉，似乎很不情愿地回答：姑姑也老了。

爹爹一直到生命终结，才抛下妈妈，还有他跟妈妈一起创造的我们姐弟六个。

那个姑姑和爹爹狭路相逢的十字路，离后来爹爹亡故后洗埋体的清真寺，还有他下葬的墓地都相去不远。我离婚那年，爹爹托梦给我，梦里的场景就在这个十字街口，我梦见一只燕子要从我手里飞走，爹爹接连对我说：抓住它，不要放手，它会飞走的。

我最终敌不过强大的命运，没能抓住我的爱情鸟，眼睁睁地看着它飞走了。这个时候，我才开始慢慢试着去理解爹爹。

爹爹在世的时候，每次听他用苍凉的声音唱《阿克别力克》，一直以为他在抱怨心爱的人抛下他，另觅新欢后活得并不如意，让他痛心。现在想来，爹爹是在质问自己的一生：你说我不好，你不爱我，你找到的好的又在哪里？

十字路口的那个镜头，我曾无数次把背景置换到别处，设想那个女人要是在没有我们在场时，这样不顾一切地死死挽住爹爹的臂膀，含情带泪注视着爹爹，爱情鸟是不是也会驻留在他们正当中年的生命枝头。

也许作为女儿，我这样探寻爹爹隐秘的情感是对亡人的不敬，但是这些记忆是那么不可抗拒地涌过来，如果我不去抓住它，我怕没人能记得这些值得记忆的过去，那也许才是对生命真正的辜负和大不敬。

我想，假如有一些隐秘的事情，在一些隐秘的时刻发生在爹爹身上，这是不是或多或少能弥补爹爹生活的无奈和生命中的缺憾，至少爹爹的一生会完整一些，而不只是因充满牺牲者的悲剧色彩令我满心痛惜。

不知是为方便自己路过时看看，还是为了想念父亲时好顺路看一眼他的老伙伴，爹爹去世后，陪伴他半辈子的老缝纫机，被我寄存在老家和谋生地之间的城市。那架老缝纫机在我托付的那户人家的地下室里，孤零零的，越看越像我走远后被抛在黄沙深处的爹爹……想起小时候，我们睡在炕上，看爹爹在卧室窗前踩缝纫机的背影。如今，老缝纫机剪影静穆得像一方墓碑，架间透着幽暗光影形成的方框，像一道墓室的门静静敞开着。

爹爹去世后，我一直想找个会唱《阿克比里克》这首老歌的族人，想听取父亲逝去的声音，让不可再现的过去，仅以声音的方式再现一次。少小离家出走的爹爹，到底经历过怎样失败的爱情，究竟有什么样的过去？又是如何与回族的妈妈相识相爱，结成夫妻的？父亲的身世里，写满了我——我的猜疑，我的命定，我想从爹爹的情路轨迹中，为我的出生和混血的生命，找出一个完整的理由。

殁了的姐姐

挂在邻居家墙壁上芭哈尔殁了的姐姐的相片，让我心生莫名的嫉妒，她让我想到我夭折的姐姐。

姐姐小小的坟在村口，用枣红色的木栅栏围着，爹爹每次赶着毛驴车路过，都要指给我看。那是那片坟地里唯一拥有栅栏的坟。爹爹说只有公主坟才配有这样的木栅栏。从此我喜欢上了暗红褐色的木栅栏。

一年又一年，姐姐跟我一起成长。我从来不跟妹妹比，我只跟姐姐比。我能看到她，我梳辫子，她的比我长，我跑路，她比我快，我对着镜子笑，她笑得比我甜，还有两个小酒窝。那是我一直想有的。

姐姐什么都比我好，皮肤比我白，眉毛比我弯，眼睛比我大，头发比我黑。“丢失了的刀子最锋利”,爹爹心里知道维吾尔族人的这句口头禅。出生七天就殁了的姐姐,好过活过了三十年的我。

每次我都从爹爹手指的地方,看到姐姐站起来,站在我追不上的地方,对着我展开婴儿般的笑容。

我觉得每次站在芭哈尔她姐姐的相片前,都是在代替芭哈尔嫉妒,我知道芭哈尔的姐姐是天使,假使她在,断然不会嫉妒自己的妹妹比自己漂亮。我霸道地认为所有村里的女孩都不应该比芭哈尔更美,那些肆无忌惮的美,隐含着一种对死者的不敬。

住在河坝那边的维吾尔族当兵的试图与芭哈尔的姐姐开始一场恋爱,她却用天真烂漫和不谙风情,来淡化那份对于她来说唾手可得的爱,用对兄长一般的无邪拉开距离。我觉得那个当兵的根本不配她。她纯净如天使,而他是一个满头不洁的卷发,满脸胡子拉碴的俗物,对爱情的百思不得让他因为烦恼不断地搔首,导致军装的肩头落满了雪花一样的头皮屑,领章边缘也脏得发黑。善良的芭哈尔用白线为他勾过一个雪白的护领,可是过不了多久,那领子被他油脂分泌过盛的脖子染得变黄继而发黑。

芭哈尔的姐姐殁了以后,我曾幻想那个当兵的爱上了我。但那几乎是不可能的,那个呆子痛苦到几乎发痴,胡子不刮,头发不理,衣服不换,只有那条护领洗得雪白。他依然经常来芭哈尔家,忧郁的眼睛里看不见村里别的姑娘。芭哈尔的姐姐用死亡主宰了他的内心，拥有了他的全部。

从芭哈尔家门口过河坝时，芭哈尔的姐姐雪白的脸映在河坝的水里，我出神地看上很久，就能看见她从水里走出来，扎好头帕端着碗走向羊圈去挤奶，湿漉漉的卷发俏皮地从头帕里溜出来，带着水珠晃动在光洁的额头和耳轮旁。

失去了女儿，芭哈尔的妈妈似乎变得特别怕冷，一年四季穿着厚厚的棉衣和棉靴，家里人在院子周围堆满了高高的柴垛，好让她不再看见女儿落水的河坝。从她浮肿的脸和红肿的眼睛，可以猜想到她梦里的哭泣。

芭哈尔的爹爹表现得很冷静，他用豁达的语气安慰家里人：芭哈尔的姐姐为救落水的同伴而死，真主会唤她去做天使。这种对夭折的生命的隐忍，让我心里替死者产生了一丝不平，但又怕他像他妻子一样，悲伤到冬夏不分的地步，毕竟他家里还有四个幼小的女儿要照顾。

从芭哈尔的几个妹妹眼里，很难找到那种失去姐姐的哀伤，当我提起她们的姐姐时，她们的既吃惊又忌讳，竭力掩饰一种对死亡的迷惑和不解。她们的眼睛圆圆的，酷似姐姐，显得很无辜。

从她们隐晦的脸上，我感觉出她们希望所有人都把死亡当作一个秘密，不去向任何人透露。说到死去的姐姐，她们不约而同地看看身后，然后提示我要背对着亡人说话，这样可以让死神听不见，死亡就不会来追赶活着的人了。

宋雨，回族，北疆人，2008 年开始习诗。2009 年获突围诗歌奖，2012 年获九月诗歌奖。作品多见《汉诗》《新世纪诗典》。第一次发表诗歌于《九月诗刊》2008 年第 9、10 期合刊。著个人诗集《我听 我说》。

宋雨

人来没有后来

从来没有后来

我喜欢写“春天来了”，纸上写，土里写，沙粒中写，写在雪上。

喜欢每一个季节。但我盼望冬天——因为雪。慵懒的太阳。清冷的月亮。洁白，这个词诱惑了我。清冷的空气。纷纷扬扬这个词也很美好。冰。河面上蓝色的冰。光滑。牛牛。鞭子。坡地。爬犁。冰刀。冰溜子。喀蹦喀蹦清脆。

再远的地方和人家都看得很清楚，每一处地方又离得更远了。

炊烟升得很慢。空旷。

后来我不由得就在心里想到后来这个词。

有很多后来，后来什么也没有。后来“春天来了”。

下雪了

下雪了。在黑暗的屋子外面，雪那么明亮。

它们均匀的撒下来。黄的叶子，绿的叶子，粗壮的树木，花冠留下的枝条都得到了雪的慰问和安慰。

在天亮之前，它们不介意仅仅是在天亮之前和老相好握握手，互相把围巾整理好——暖和一点吧。

如果我们要恋爱或者死去，如果有这样温暖的下着雪的日子，我们的心要在安慰之上长出喜悦的叶子来了。沟渠边上的小金菊，还是笑得那么迷人。它苦苦的内心埋在土里，它明亮的叶片总是这样——从年轻到暮年地转圈，再转圈。

我们为它怀着敬意和期待。还有雪。还有我们。

去你的吧

后来我爱上了争吵和试探人性的底线有多深。这不难得是相敬如宾和举案齐眉这两个让人想不通的家伙，它们要怎样在爱或不爱之间生存。两个人之间关系就是失去自我的过程，不停的失去；到赤身裸体，到忘记了知识；喊叫我们才不会辜负上天的造化。最后玻璃也碎了，空气也是千疮百孔的样子。

有个傻瓜说这叫酣畅淋漓。去他的吧！

丁　香

丁香花开败了，那些散发过香气的花不见了。树叶绿成了一个大包袱，我每夜都不放过经过它们一次，去看克兰河。

靠在桥的栏杆上可以行走很远很远，这昏眩的感觉。河里除了水，还有凉意，还有大大小小的鹅卵石，少量的青石，偶尔有几块红砖块，磨得一天比一天圆。碎掉的玻璃碴子，割破过我的脚，穿白球鞋的脚，光着脚丫子的脚。和现在不一样，穿皮鞋的脚，已经少了数不清的乐趣了。

在河边扑腾的我们叫旱鸭子，哧溜溜的一群。

在河水里时间长了，或者是云过来了，我们冻得上下牙打哆嗦，滴滴答答地跑上岸，埋在沙堆里。热热的沙子，一边望着我们的身体，一边望着天上和不吃草的牛。鱼成群地游，高兴了就扭几下，跳几下，它们不会因为冻青了嘴巴，就跳到岸上来。

死亡之美

蜻蜓和蝴蝶到处飞,谁都不稀罕谁。那时候我们以为,就这样了,就是这样的。没有一个人说过这里会改变吗?哪一天?为什么?然后呢?我们会怎样?包括大人们也没有听见他们说过。有一次我想真的游泳,就走到了深处。对了,那时候我们谁都不知道它叫克兰河。我走到深处,就被悬住了。脚不着地,手没有可抓的,直挺挺地立在河中心。那时候还不懂孤独这个词,也不知道世界上有恐惧和死亡。当时非常安静,周围很安静。不知是我要消失了,还是世界正在消逝。在河水的深处,哭不出来。头发飘着,应该很好看。

美是剩余物

对了，那时候我们谁也不知道这些香喷喷的花叫丁香。它们只有一个名字，花。狗尾巴，这个名字我们却知道，编成一个圆圈，中间辫着花朵，戴在乱蓬蓬的头上，就美得不行了。在一个香气散尽的夜里，我会想这么多。我们从沙子里起身，穿上衣服和鞋子，就走散了。那时候总是忘记吃饭，现在有几个已经用不着吃饭了。其中那个为了把我们小时候爬过的山，挖出个坑，把青石板粉碎成小石子卖出去，被一个熟悉的石头压倒在地下去了。我活出来的日子，算是我赚的了。

我 的 阿 姐

猫儿刺的花是黄色的，牛荆条的花是粉色的，兔儿条的花是白色的，野牡丹开着玫红色的花。姐姐在树林子里打电话告诉我，她身边的花都开好了。你未开过的青春也开好了吧，姐姐。早晨开成了猫儿刺，中午开成了牛荆条，晚上开成了兔儿条。野牡丹开在很远的地方。像她喜欢过或是还没有来得及喜欢的那个人。十八岁的姐姐抱着儿子出门，不知道的人总以为她在看自家的小弟。唉。姐姐让我快点来，来和她一起看花怎么开。

高山上的野花

植物的叶子不分大小、深浅，都贴着地面，懒洋洋地舒展着。那么多叫不出名字的花，都碎碎的开在上面。野花中除了牡丹会不要命的奔放以外，其他都开得很小心。山顶上风大，我就在半山坡上走，野草、野花，矮的沙枣树，年轻的雪松，苜蓿是最鲜亮的，遇见的人会眼睁睁地盯上去。它们都叫花儿，也可以叫女儿。半坡上，风轻声的送，我想起一首诗。一个诗人盘腿坐在高原上，天空被重新布置，草野生长，星辰散落的到处都是，万物无限而生。我搬个什么安置在这个小山坡上呢，一个小板凳吧，也够我哭上一回了。哭罢了，这里的众多花儿大概也会认我为生了吧。

六匹马和一个哈萨克

遇见了六匹马，还有一匹被一个哈萨克骑着走在最后。在山底它们并排走着，离我不远处的时候，列队而来。谁都没有说话，那个哈萨克也是。他手里的鞭子夹在腋窝里，斜跨着马懒洋洋的样子。它们六个紧挨着上来了，有两个歪头看了一下左首高耸的黑岩石，每迈一步都点着头。近了，它们的刘海一律伏在眼睛上方，鬃毛倒向右边起伏着。眼睛真是太漂亮了，黑亮，妩媚，闪着善意的光，天生的美。经过了我，它们开始小跑，谁都没有说话，没有。

努尔·波拉提

努尔·波拉提说:"'波拉提'是光荣的意思,'努尔'是光的意思。"我指着正在落山的太阳问他,是那个光还是手电筒的光。他笑了,下巴颏扬了一下说:"那个光也行,我,长大了是个像样的人。"这时候远处有说话的声音传过来,他侧着身子停顿了一会儿,然后说,"这个声音我见过。"

小 巴 郎

那时候雪还没有化完,我整天待在家里。有一天下午,有人敲开了房门,是个哈萨克族小男孩。他用手指了一下对门,举着手里的东西说:"这个,你这个地方停一下。"立时,有一匹马在嘶鸣中扬起前蹄,出现在我的客栈前。那是一瓶来自哈萨克斯坦的香水,包装上印有不知名的花草,是那个国度的香气,不小心就在我身边消停了一些时候。

说 起 阿 舍

前日,我和伊斯玛在距家不远处的奶茶馆吃早餐,我们点了奶茶、包尔萨克、小菜,又要了几个孜然包子。他突然就笑了,想起一个笑话。说是一个叫蛋蛋的去一个小饭馆喝早茶,坐了半天不见要的包子端上来,就问老板包子好了没有。

老板说就好了。他听声音耳熟就跑后堂去看，原来是阿舍。你猜她在干什么？当时我也不知道她在干什么，蛋蛋说她在给包子打针，就问阿舍你的包子咋了。“唉。”阿舍叹了一口气，“你不知道，今天真是愁死了，馅里忘放盐了，我在打盐水呢，你等会哦。”他说的阿舍我也认得，当时听得差点喷饭。我问伊斯玛，蛋蛋吃包子了没有，伊斯玛说这个他倒是没有问。

梦　花

昨夜梦里漫山遍野的花开了，我在漫山遍野的寻找牡丹。今早就看到路边的一树榆叶梅真的开了，淡淡的粉色，走近深深的嗅，好香。过几日丁香花和碧桃也要开了，空气里的香气隔多远都能够闻到。春天就要过去了，野牡丹要到五月份才会开，深红色，单瓣，特别的奔放。好多年没有看到它了。

当夏季来临，有人说人间的爱就是一个轮回了。

阿勒泰的女儿叫什么

阿勒泰当爸爸了,老婆给他生了个女儿,他说是阿依。人家不会直接问他是男孩还是女孩,而是有礼性的询问:来的是放马的,还是放羊的?你想女孩会放什么呢,是温顺的羊群吧,那你就猜错了,阿依是放马的。放马的阿依,太太给她起了个名字叫托了汗阿依,阿勒泰说是月亮满了,月亮圆了的意思。奶奶起的名字叫阿依波塔,月亮下的小骆驼的意思。波塔,波塔,好像冬不拉的琴弦,我也愿意有人叫我阿依波塔,波塔。

哈萨克人眼里的牛

对于语言的区别,哈萨克族是骄傲的。就说一头牛吧,刚出生的母牛叫布造,开始吃草了又叫库纳仁,生育前的叫别斯特，生育后的叫虽迩了。公牛又是另一种称呼。他们说动物和人一样也是有尊严的。

人，爬的时候才和牛一样，他们又这样说。

说起从前

有一天我就发现了“冬窝子”的博客，一溜烟窜进去浏览了很久。她写了一篇和阿勒泰的羊腿有关的文章，说是在很久很久以前，凭票买东西的时候，她和姐姐去排队买羊肉，好不容易到跟前了央求铺子里的老汉“给个后腿撒，给个后腿撒”。老汉一把收掉肉票，用生硬的汉话说：“没有前腿哪有后腿？”你说这冒着羊膻气的话不是真理吗？那时候的后腿被谁吃掉了，现在真没地方打听了。一把锋利的刀子就是这样分配好了山坡上的羊群。

哦　娜塔莎

——那是冬季，娜塔莎金色的影子落在桦树林里。哦，那像一条蛇，缠上了两棵树……

我希望更多。

火车总是要进站的，我说你们总会懂得这个道理吧，就像火车总是要远行一样。说的再简单一点儿，就像你们还是长大了，不但长大了，还需要女人和伏特加，还需要疯狂和舍命。

这样挺好，我认为挺好，最起码你们不是窝囊废，我唇上的烈焰没有让桦树皮燃烧起来。我在你们中间制造着灾难，然后笑着死去，你们明白吗？我仅仅需要这种极乐的方式，不同于停止呼吸，不同于歌唱中短暂的停顿。

而我真的不是一只夜莺。我是夜本身。

“乌里扬诺夫”“安德烈”。

“安德烈”“乌里扬诺夫”。

漆黑的蔷薇被打瞌睡的马儿嚼碎，那衰老的热情，本身就是一块冰？未知的未来比影子还要虚幻。

我试着抽身，世界便熄灭了，这是灾难吗？亲爱的。我消失，像灰色的云一样，那是桦木焚烧之后的魂灵吗？你们挨得那么近，如同一个人，如同一棵桦树抱住了另一棵，张开绝望的眼睛？

哦。娜塔莎睡着的样子，安静得如同灰烬。

眨眼之间——“树木飞向了它们的鸟”。

你们明白吗？

星星在晃动，瞅着头都发晕。

爱之后的爱

我接到了你的邀请，在你的诗中。

仿佛一帧请柬，暗红色的缎面在雨水的照耀下露出它明媚的脸，不合时宜却并非虚构；是你让我参与进来的，亲爱的露易丝·格丽克。在去年冬天一个刚刚苏醒的清晨，我和你的《爱洛斯》不期而遇。我称那是美丽的，虚幻的；毁灭在忧郁中的预见性。仿佛一个寓言穿着它灰色的长袍敲响了那间六楼的木门。

当时，你把椅子拉到旅馆窗前。我在窗前的单人床上裹着睡眠中的被子，头发胡乱的披散着，那时候我没有睡够过，总是失眠，很严重。我吃药，游荡，好像一个梦游人，几乎和你一样。

雨下着，飘泼的雨下着，在春夜里，你坐了很久。坐了很久。

你说是“许多个小时”。

在一个陌生的地方，你一个人和一把椅子在一起。你们一起听雨飘落的声音，椅子默默的请你坐，尽力让自己变得结实、粗壮，因为时间而生出温度。仿佛两只手臂的力量在撑住一个偶尔到来的悲伤。

雨，一直在下。从一点一滴到数不过来再回到一点一滴，直到消逝。整个过程进退有序，像一只娴熟的手在制作灰暗的胶片，每个人都以为身在其中只有自己是独一无二的主角，公主和王子的故事会一直讲下去，甚至要胜过“从此，公主和王子过上了幸福的生活”。只是，雨一直在下，从任意一个缺口进入的爱，都有可能完美的捏出一把水来。

爱，是为了漫长的告别。你依然轻声地说：“我爱你！”大声地说：“我爱你！”不停地说：“我是爱你的！”跌倒了爬起来说：“在你之前，我爱的不够。没有在你之后了！”。只是，爱是为了漫长的告别，我们谁都忘了说一声：“再见。”

在温暖的春夜，露易丝得到了她的无牵无挂，在万物生长的同时也有无可挽救的东西。绝望中的爱依然是善良和温和的，甚至是强大起来的内心世界。故事中始终没有出现的那个人呢，他得到他需要的了吗？渴望的，爱或被爱。

只是，当露易丝摘下她的结婚戒指的一刻，她孤单的背影在悲伤的雨中告诉人们，除了写诗以外，她不过是一个柔弱，单薄，平常的有严重依赖性的女人。只是故事已经不给她这些了，许多个小时她听见的是拒绝的声音多出了雨声。是的，爱之后的爱是和自己相视一笑。

现在你就是爱，露易丝。

只是，我不知道你是如何去面对剩下的日子，你是否已足够强大，或者正在使用麻木这个通用的技巧。我深深地祝福你，亲爱的露易丝。也祝福我自己。在剩下的日子里。我们都要承认很多时候我们还是会哭，爱，进入过我们的身体和生命、命运，已成为亲人中的一个。它根本不能死去。

为一张照片写信

我总是爱慕鼻子长得好看的人的脸。这样的人拥有了人类的智慧。它表现的好像知道下一次该怎么做，这让我放心。

我就这样和“你”自言自语了一下午，下午落过雪，我记得。

你头顶竖起的短寸，美好的纯黑色，在目量“你”的瞬间让我想起两千年左右的一些时光。这样的时刻我敢说仅仅是因为信任，我愿意向“你”张开嘴，还有心口。

我整天躺在一张靠近墙边的木床上，看着屋后的小平房，生长着一排排的大小植物；在风中，太阳下，和星空照耀的夜晚。它们在夏天也这般的茂盛和自由（像你的头发），在它们手指的方向，永远是透明的天空和蓄满雨点的云层。它们是有意被安排在草泥抹平的屋顶上，衬托着屋后几块玻璃脆弱的人生（我想是这样）。偶尔经过的路人，总是有他们的目的地，没有谁，留意过这些对我来说略带神秘的，高低不平的陪伴物。我羡慕过一只流浪狗和他的主人，游荡和被放逐都发生在各自自由的空间里。

你是否同意，现在我要将你和紧贴在身后指向天空的黛色岩石略微分离几毫米，好将你身体中的磁性靠近我这边。哈，我已经这样做了。

你在看着什么？你看到你对面的这个女人，我？一粒野生的果子，悬在某种坛子的上方，固执，死命地悬在晃动的枝条上，对抗下坠的危险和毁灭？

在我离开的一小会儿，总是围绕在山体上的那些迷雾，构成没有尽头的悬梯，来到生活的脚下，匆匆，消失的快过了时间，进入另一条小径，一种静寂。

整个下午，我们交谈，全心全意地不为琐事所干预，我们是否就这样明白了对方，哪怕一个小颗粒一样的意图；再将无为的猜测和关于学习的惰性，消磨的和我们的声音一样干净。这么干净的一个男人，和你干净的声音。整个下午，下着雪。

我摘掉你脸上的眼镜，你会说看不清我了，这有什么关系呢，一个生活在雪地里的女人，在其中移动的一个黑点，随意一根手指头就可以轻轻一抹，让她消失。

照片里的那天下午，风很大，很冷。

山顶有条小路通向你的身后。草还是草绿色，花卉零星的散落在那座山坡上，大部分是白色，少量的橘黄、烟紫，好像还有新鲜的蘑菇？一坨干燥的牛粪？（我在这里看不清楚，我想你也想不起来了）。无论是蘑菇还是牛粪你都会尽力去赞美。

蘑菇，你是雨水丢给我的小伞；呀，牛粪！怎么说你好呢。

如同，在向每一棵他赞美过的植物求爱（我们实在不应该伤害哪怕一只蚊蝇）。

他叫它们——美人。

在这样一张心怀柔软的作品面前，我已经不再惊恐于死亡。

这个问题有点麻烦

你是从山沟里捡来的；

毡筒里捡来的；

牧业搬家的时候扔掉，捡来的；

哈萨克族奶奶家的；

在树林子捡柴火的时候捡来的。

我的父母总是在路上，在远方，在未知里。不在家里。

家跟前有个很大的场院，姐姐带我去看电影，前排坐满了从各处赶来的人，带着小板凳。姐姐说："你看，那是你哥哥。"前面的确有个男孩，坐在暗下来的天色里，身上的棉衣开了花，大片的棉花掉拉着。他裹着这件大号的棉衣，盯着在风中哗啦的屏幕，对在他身后发生的事情一无所知。

"骗人。"

"不信你叫他。"

我用爆发出来的哭声回应着这一谎言。大人们认为自己在随意的玩笑，但是他们不知，为此我寻找我的父母用了很多年。在思想里，人行道上，梦里。

我先从五官上认定他们又否认他们。没有父亲勇敢，没有母亲勤劳，和姐姐不像是一个娘生的，我真的是抱来的。他们编来编去就是不说我真正的来处。在我的意识中我的故事还没有开始，也不会结束。

当更年期遇到了青春期，有一次我对母亲吼叫："你把我从哪里抱来的就送回到哪里去吧。"母亲突然安静了。她的沉默又一次替过去的岁月证实了我的疑虑的可靠性。她怕了吧，怕失去我，才停止了无休止的闹腾；要不然我的话让她伤心了吧,她在暗暗的难过？我发现母亲没有哭,我自己在哭。到底谁有问题呢？

这个问题太麻烦了。

除了走向社会迎来这样那样的问题,还有这么个不是问题的问题时不时地冒出来戳我一下,它不消停,我怎么消停的了。

甚至在青藏高原我们的老家,姑家、姨家、远房亲戚,我都审视了,没有相像的。没有。回来后我在镜子里望着一张混血儿一样的脸,失落极了。他们在哪里？我还有什么亲人呢？真的有个哥哥吗？还有其他的姐姐吗？小时候总以为长大了就有答案了,答案不会给所有问号一个承诺的。

世间唯一认得我们母女的是时间,它终于把我雕刻成了母亲的样子,我们的病都是一样的。身体里的骨头用特殊的方式向我证实了大人们会因为喜爱狠狠的折磨你,然后忘得一干二净。

我发誓不会对我的孩子说不相认的话,即使这样我还是担心他有和我一样的血缘情结。他最好和我十分相像,他最好记得我说的话:“我生了你三天三夜。”

那时候我们一起拜年遇到的

那时候，我们跑上跑下，挨家挨户去拜年。早晨出去晚上回来。

用一整天的时间窜进一个个大门，推开房门说："过年好。"我们看到不同人家的不同的陈设，在相同喜气来临的家中；一样笨重的木头家具，每家都有一个大通铺，一个小床，中间隔着火墙；床单几乎都是深色的，现在我想起它们，几乎是"灰色""藏青"这两个词。几乎都是里外两间房子，里屋睡觉吃饭，外屋即储物又是伙房。火炉，案板，水缸，还有地窖，上面盖着几块木板，木板的上面堆放东西。拿菜的时候挪开，用柳条筐把孩子吊下去，把洋芋、莲花白、萝卜吊上来，再把孩子吊上来。大点的孩子就可以用梯子了，一手拿手电筒或者马灯,一手扶着梯子;大人们在上面喊慢点儿,小心点儿。那时候天气真冷,菜窖都不能搁在院子里。

那时候那么冷。我们在新年穿上了新衣裳,不是格子就是条绒,碎花布;在大人们好心情的时候,会在领边胸围处沿上边儿,那是最美的。母亲常把我打扮成红上衣蓝裤子,蓝上衣红裤子。那么冷的天都关不住我们,我们穿上新衣裳,辫子被大人用心的梳好了,花蝴蝶一样就飞出去了。我们要跑,要拜年,拜糖果,拜喜气(大人们都有好脸色),拜晶晶亮的糖纸。谁家给了奶糖,啊!我们喜不自禁。高粱饴、虾酥糖、牛奶糖、水果糖、方块糖。吃饱了糖,我们还是跑,还是拜。现在想,我们是不是在夸自己的新衣裳呢,还有头上喜欢的发带。

有一户人家住在地窝子里。下一个小坡,推开低矮的门板,在黑暗的外屋,我们说:“过年好。”阿姨从里屋出来,她慢慢地搬来一个小木凳,踩上去,把吊在梁上的一个馍馍筐取下来。房间小,我们就站在她的脚边,她从筐里拿出一个虾酥糖(筐里就一个糖)一掰两半。一半给兰兰,一半给我。我们俩往后退,她伸手抓住我们,把糖塞在我们手里。和其他大人一样她说进里屋坐会儿呗。这是我们唯一没有看清楚“家”的屋子。

回到家,把衣兜里的战利品摆在桌子上一个一个欣赏,父亲母亲看着我笑。父亲推开里屋的门又拉上，伸出一只手说："叔叔，阿姨，糖好。"门把手"啪"一声，一面的钉子掉下来了。

"哈。"我们都笑了。

那事，我没有给他们提。

那事，很多年的年上，我都记着。

年　尾

也是龙年，最后的一天。和很多人一样，只是我在用我自己的方式度过它。

和旧日子不同的是：我读诗，听音乐，洗脸，想一些过去的事情，想一些人；出门一趟，沿着街道再走回来；使用了不一样的心情。想想，今天的日子依旧。

接到一些电话、短信送来的祝福，令人微笑的事情总会发生的，无论如何。

我始终相信有人说下雪了，时间不久就会有人说开春了。这个世界是恩宠于我们的。幸或不幸都是福祉的一面，我们怎么能分得清一片叶子的哪一面美丽了一棵树呢。

当然，我也真想哭，我也真想爱。

刚下过的一场薄薄的雪，让空气清新的不得了；外面干净的不得了；而我也为自己的一些变化在感动。

今天想了我的妈妈。从小,从我知道这世上还有死亡这件事,我就开始担心有一天我的妈妈会离我而去,那我怎么办呢?怎么活下去呢?至今这样的担心有增无减,我也暗暗留心过那些已经失去母亲的人,他们的悲痛和忍耐,他们接下来的日子有什么不一样。

即使,在这一生,我的母亲给过我使用不完的痛苦——在学业上,婚姻上。

我说过我永远都不能原谅她的错。为什么要生我?这是我对命运的质问。

我把命运当做一个人来恨过。

命运才是最负心的,最狠心的,最莫名其妙的那个人。谁的名字叫命运呢?谁喊得应他呢。

今早,在雪的世界的一间屋子里,我看到一张图片:图片上的画面是简单,枯寂的草叶。那几株线条明朗,叶子静谧的植物,突然给了我微笑的力量。后来我走出门,带着读几片草叶的心情,读了这个城市和它的几条街道。

当然更重要的是重新读我自己。

是啊,我用自己的方式占用了这个世界的一个性别,一个名称,和那么多人相遇过;如果我渴了,克兰河不会因此而停止流淌,它那么甜,好像拌着砂糖。

用自己的方式,应有的方式重新目量一次,枯寂的美是因为活过。

恩典的心来自内心的了悟，和爱一起来了。每个人我已经爱过还在爱的，我恨过成为爱的，伤害过，被伤害的，原谅和请求原谅都在对一种植物的一瞥中变化末端。

祝福这个世界和你。

程静，汉族，20世纪70年代出生于新疆伊犁，现在伊犁晚报社工作。鲁迅文学院第21届高研班学员。新疆作家协会会员。在《山花》《散文选刊》《散文百家》《散文诗世界》《人民日报》等多家刊物发表散文、散文诗。有作品数次入选全国年度最佳散文诗选本。著有散文集《我的舞蹈》《庭院内外》。

程静

酒鬼

葡　萄

葡萄悬挂在午后的光影里，阳光炽热，水汽蒸腾，植物的气息若有若无。葡萄有的被光线镶上一轮金边，散发玉石般的光芒；有的一半明亮一半黑暗，像油画里的静物那样陷入时间的深处。啊，陷入时间深处的不是葡萄，而是整个庭院——黄蜂在葡萄架下飞舞，发出嗡鸣之声，声音像涟漪一样在空间不断产生，同时不断消失；葡萄枝叶密集，阳光艰难穿过，不禁微微颤抖。在一片寂静的喧嚣声中，院子里的自行车、水桶、板凳、布满裂缝的木桌、木桌上刚刚放下的茶碗、雨伞、晾衣绳，一切因陈旧、庸常而显示出温暖以及平平常常的地久与天长。米勒、高更曾画出日常生活的美，那些于灰尘和黑暗中呈现的场景，实质上是生活最本质的面目，朴素之美在民间广阔无边。

先说明一下，我描述的不是乡村庭院。西域土地辽阔，物质经济与文化虽然被地图上所呈现的那一大片令人窒息的褐色荒漠所阻隔，闭塞滞后，可是在一片片绿洲，那些由天山雪水灌溉的土地上建立起来的城市，拥有乡村般的奢侈与自在——天空高远，居住宽敞。小时候，许多人家都有自己的院子，院子虽然简陋，但拾掇得干净整齐，蔬菜、花草，黄泥地面，果树枝丫伸过土墙——清贫生活里的慷慨与丰盛如同四季的果实，挂满民间的庭院。庭院是孩子们的乐园。特别是放暑假时候，前后邻居以及每一个小伙伴家的院子没有我们不跑到的地方。大人们很忙，不大清楚孩子们的游戏与欢乐，偶尔关注一下，就会看见他们猫一样从眼前蹿过去的身影，过一会儿，听见院子大门传来空旷的“咣当”声，好像一个惊讶的下巴终于合上……对于成人来讲，微观世界是个陌生领域，高兴的时候昂首阔步，对擦着衣襟闪过的小花毫无察觉，沮丧时候脚步沉重，恰恰踩住地下小昆虫的世界。葡萄花么，谁晓得什么时候开放？直到孩子们兴奋地跑来宣布——葡萄花开啦。淡黄色的花朵呈圆锥花序，比米粒更小，细碎，仿佛婴儿刚冒出头的乳牙。花蕾紧密排列，一串串完整的葡萄雏形已经显现……微观世界，孩子们看见的不止这些：蚯蚓神秘的盲眼与再生，植物藤蔓像小手一样紧紧抓住周围的攀缘物，雨后的蜘蛛网上挂满碎钻，从屋檐掉下来赤裸的、支棱着翅膀的雏鸟……所有微小的动静，都能引起我们更大的兴趣。在某个恍惚时刻，我甚至可以听到葡萄生长的声音，它吸取空气和地下水分的声音迫切而响亮，像一个口渴的人，喝水，日夜不停。我是多么喜爱葡萄——啊，真羞愧，我对果园里的任何一种果实都说过爱——常常怀着思念般的期盼观察它：细小的青果看起来稚嫩、羞怯，可是仍然充满意味，一种无形的丰满与充盈占据了整个葡萄架下的天空。阳光斜照，一串串葡萄透亮、青翠欲滴。欲滴，就是内部的水满得几乎要溢出来，它是情感多么丰沛的生命啊，让人一眼就看到内在的爱与多情。不过，那时候我还没学会怎样了解其他生命，我只是这样思念：它们什么时候才能成熟？什么时候才能吃到那如一潭潭清泉的果实？

我在葡萄树下画画。荷花，一种属于南方的、西域没有的水生植物常常被我莫名其妙地画出来。在此以前，我没有见过真正的荷花，只是在一些图画书上看到，但是不知为什么，当我无意识地在地面、玻璃或纸上随意画些什么的时候，那一定是荷花。阔大如裙边的叶片，叶柄上微小的刺，花朵半圆，莲蓬饱满。我自己也觉得奇怪，为什么不是沙枣花或红柳？或许可以这样解释——荷，一个在中国文字中具有某种含义的词，一种在古典文学中表达民族品质与审美的植物，即使与它相距遥远，也很容易渗入传统的血液而得以认知。有一天，画着画着，突然感到从身体最深的地方开始，一股暖流缓慢而清晰地穿过，隐痛、舒畅，如同春天的泥泞与明亮。

五角葡萄叶片如同一张张伸开的小手，将我的身体覆盖。果实正在生长，每天都有新变化，细胞在阳光中一点点膨胀，身体里最小的水系正在形成。它变得越来越透明，表皮布满丝丝红晕，青涩的气息虽然还很浓郁，但一种成熟的肉体的芬芳也越来越清晰。我觉得那突起的形态似乎很熟悉，但想不起究竟是什么。我想起生理卫生课上的一些内容：月经、卵巢、雌激素以及对偶然怀着必然决心的卵子与精子……基础生理卫生知识是男女生分别在幻灯教室里观看的，黑暗中，我感觉一切复杂而混乱，完全不能理解。不能理解的知识只能在考试之前生硬背诵，对学生来说，考试及格比是否理解更有实际意义。生物考试前，我一大早在院子里背诵：植物的有性生殖是指开花、传粉、受精、结果的过程，无性生殖是指由母体产生新个体，比如马铃薯的出芽生殖、椒草的叶片生殖等……旁边的父亲笑出声来：这需要背啊。或许就是这样，世界上总有一些事情一直隐蔽在黑暗中，无须查找，总会有那么一天，脑子里突然“轰”地响一下，巨石搬开，一扇神秘古老之门轰隆隆开启，答案自己现身。现在我无师自通，知道了春天里那些昆虫为什么匆匆飞来……一种莫名的慌乱，使我划破了面前空白的图画纸。

住在后一排院子的阿娜尔和我的看法显然不同：昆虫当然会来，因为它们也爱吃葡萄嘛。葡萄并不属于个人，啊，如果一定要划分，葡萄应当属于家园。阿娜尔家的葡萄树是她祖父年轻时栽种的，到她这里已是三代，阿娜尔的父亲无比自豪地回忆：看到没有，房子上横着的那根大梁是在唐布拉山上砍的，木头又长又重，无法搬运，只好放入喀什河让它顺水流到伊犁河，葡萄树就是那年盖房子时候栽种的……算一算，树和房子已有百年。我觉得，树和房屋肯定长在了一起，就像小巷尽头那两棵挨得太近的树，长着长着，就连成一体，彼此融合、包容，以至血脉相连。葡萄树根在地底延伸漫游，我怀疑，阿娜尔家百年老屋的地底下也长出了像葡萄树一样的根须，否则，解释不了为什么房屋历经百年而坚固温暖。可是阿娜尔家的葡萄树并不是唯一的，在这个城市小巷里，这样的老树这样的老房子太多了，如果所有的树和老房子底下都布满根茎，那么，整个城市的地底都将是这种植物的根茎，或许不仅仅有植物的根茎，还有动物的根茎、骨殖的根茎、河流的根茎……人们的脚底下也长出了根茎，根茎与根茎连接缠绕，使人与人之间产生某种关联，这种关联秘而不宣，只是听到一些人说话带着的那种腔调，我们可以一下子判断出来：这是一个土著。

许多事情我不了解。多民族聚居，历史交错重叠，地名生涩，不同的文化、信仰与血脉存在于同一片地域，一切如繁星灿烂、缭乱。我们身处其中，不仅陷入对历史追溯的迷惘中，即使面对另一个民族的日常情景，也常常不能做出准确的解读。而且，聚居生活的相互影响与渗透又形成新的文化结晶……一些迁移者尽管在这里居住数年或者数十年，但对它的了解永远隔着一层淡淡的雾。清晰，不过是一种相对的认识。

一切如葡萄蔓藤纠缠繁杂。

正如爱情的发生常常来自错觉，我觉得，适当的距离可维护友谊的长久。阿娜尔和我们在一起游戏，但是，不能否认，我们之间有距离。只要阿娜尔在，我们就尽量不使用她忌讳的用词或习惯。禁忌使我们之间产生尊重，但禁忌也使我感到一个群体与另一个群体存在无法认同的观点，总有一些东西不是敞开的。而这些禁忌使阿娜尔不能走到太远的地方，她的未来不像我们有多种可能，它保留传统与训诫，但同时也成了牵绊……只有成长的身体是一样的。她的眉毛用奥斯曼汁液连起来，一直到眉心。在这个民族特别的审美里，包含着她们母亲的心愿：女孩子的眉距决定日后婆家的远近，用生眉的奥斯曼汁液涂双眉，不仅可以使眉毛长得又黑又长，时间久了，两道眉毛就会紧紧相靠，这样将来可以嫁到附近的好人家——阿娜尔开始发育的时候，她母亲也开始着手她的婚姻。我觉得,她们的美容比我们的美容有着更多的含义。啊,我看到,连眉的阿娜尔抱起她那每天嘴里嘲着奶嘴的弟弟,特别像那么回事,小妇人的风情隐隐显现。阿娜尔一经长大,未来的命运也随之显现。

暑假快要结束的时候,一些被阳光直接照射的葡萄先成熟了,表皮酡红,汁液甜蜜,散发酒的醇厚与芬芳。当然啦,葡萄本身就是酒,不需要经过复杂的工艺流程,汁液发酵之后直接成为葡萄酒。王蒙先生的小说《葡萄的精灵》中穆敏老爹一语中的"好葡萄挂在藤上自己就会变成酒"。啊,挂在藤上的葡萄酒,早在11世纪,《突厥语大词典》就记载了西域民间畅饮葡萄酒的欢乐"让我们吆喝着各饮三十杯。/让我们欢乐蹦跳,/让我们如狮子一样吼叫,/让忧愁散去,让我们尽情欢笑"。——可见伊斯兰教传入西域之前,中亚土地上葡萄酒的狂欢就已经开始。可是无论什么年代,对于女孩子来说,葡萄酒的滋味究竟是什么,要到长大以后才知道。长大后……那红宝石般的液体散发幽暗的光泽,仿佛披在爱情身上的锦缎,外表灿烂,内里孤独。无法排解的醉,使我夜夜从黑暗中坐起来,爱是人生的一场劫难……我不知道这种醉有什么意义,我只知道,当我经历之后就不愿再经历,但若将这样的经历从我的记忆中抹去,我至死都会抱紧它……已经成年的阿娜尔听得满面狐疑,不知道我在说什么,她终于不耐烦,提出另一个看法:“好啦好啦，我不知道葡萄酒里面有没有爱情，但或许有世界观,因为天天喝酒、摇摇晃晃回家的老爹还像年轻时那样发问,为什么天空是倾斜的？为什么大地动荡不安？”

就在我和阿娜尔说话的时候,天上流云翻滚,我看见了数十年前的那个黄昏。还是在这样的葡萄树下,还是这样的微风，我觉得来自身体深处那种异常的感觉越来越明显,跑回房间关门查看。啊,血,一条细细的血线顺着大腿内侧缓缓流下来,模糊、暗红。我虽然已经从理论上了解了一些事情，但当它以具体形式出现的时候,还是感到惶惑和紧张。童年假期彻底结束了。窗外,葡萄已然成熟,在重重叠叠发黄的叶片中显示出惊人的美,如同一串串水晶,晶莹剔透,通体光芒。从青涩到馥郁,曲折而平常。

酒　鬼

一看就知道喝多了，摇摇晃晃、步履踉跄。身上的衣服破旧肮脏，各种污渍使他的前襟已辨不出原来的颜色，从整体上看，就像泥塘里的一截烂木桩，散发腐朽、破败的气息。可是我觉得他的醉只是呈现人生表面的悲伤，那站立不稳的样子，才是一个酒鬼真实的人生状态——在没有方向的命运里徘徊，生活动荡而倾斜。不过，他突然看到迎面走来的我，就找到了方向。他向我走来，目光无礼而坦荡。一个喝多酒的男人，即使已经手软得连一根树枝都拿不住，仍然会出于某种本能，向异性进行挑衅或骚扰。我停下脚步，没有感到丝毫惊慌。一个酒鬼，没什么好怕的。

空气中弥漫着苹果发酵的气味。苹果发酵里面有许多味道，尘土的干燥、河水的阴凉、草叶的腥甜，可是酒香却是最清晰的，一下子就能分辨出来，丝丝缕缕，经久弥漫。这或许是河谷深处的气息，穿越远古丝绸之路，直至现在的城市乡村。啊，酒香，令人产生轻微的迷醉与恍惚……原谅我们的迟缓，确实因为有着别样的理由。

就像每个哺乳的女人都会产生自身的气味。酒香，是这片土地上独有的气息，好像从地底下缓缓升上来，无法探寻其根源。对于气味，婴儿有着不可想象的判断力，他们的嗅觉器官如此稚嫩，却可以凭借一种神秘感觉，准确握住母亲的乳房。苹果发酵的气味，就是伊犁的体香。可是这种气味不是每个人都能嗅得到，只有在这里长久生活，并与之血脉相通的人才可以嗅到它的悠长与芬芳。我觉得，“苹果城”的美誉在更多时候不是说明历史，而是一种存在的隐喻，潜移默化影响着人们的生活方式和追求。如果在河谷漫游，碰到几个喝多的人不是奇怪的事。现在，一个酒鬼出现了。他走到我面前的时候，脚步突然一个大的踉跄，好像我是凭空出现，吓了他一跳。他嘴里发出咕噜咕噜的声音，绕开我，继续向前。

他的脸赤红发亮，就像被油彩胡乱涂抹，如同舞台上的小丑，真实的表情掩盖在滑稽而夸张的妆颜下。小巷两边的苹果花灿烂开放，好像就连果树们都忍不住发出爆笑：哎呀，这个人，实在可笑！

几个扎花头巾的维吾尔族女人站在树下谈笑，酒鬼突然停下来，气愤地指责她们。但是没有人知道他说了些什么，含糊不清的诅咒和抱怨除了说明他是一个酒鬼以外，没有其他任何意义。女人们丢给他几个白眼，掩面而逃。苹果花将一个酒鬼的脸映得面若桃花。他的表情突然奇怪起来，似笑非笑，面目扭曲狰狞，就像装在瓶子里的魔鬼刚刚跑出来，既凶恶又迷茫。他还是一个人么？胡大，咋就喝了那么多呢？咋喝了那么多，这是一个极其复杂的问题，不仅醉了的人没有办法回答，醒过来，仍然回答不上来。

醉，是一个神秘过程。

或许，他们是一群内心极其敏感的人。春天，果树像中了魔法一样狂热开放。花粉在风中秘密传播欢愉、亢奋、忧伤和情欲，这些神秘因子在空气里飞散，感染着每一个生命。动物们首先被感染了。猫突然蹿上房顶，发出诡秘的叫声，然后影子一般消失得无影无踪。飞鸟从天上敛翅坠落，好像被什么一下子击中，怔立枝头。一些酒鬼不约而同来到果园，他们显然感受到花粉带来的非正常情绪，当某一个人从怀里掏出酒瓶的时候，他们不禁欢呼：啊，人生不过是一场幻觉，一切都会像春天的云朵一样飘散，只有酒，才是最可靠的。

多么美好的酒啊，谁相信它是伊犁河的水，水能产生这么强烈的情感吗？水可以燃烧吗？谁相信这里面只是玉米和稻谷,难道粮食可以让人的血液沸腾和发狂吗?它是如此透明纯粹,一眼看过去,人生的本质轻易就被总结出来——虚无。可是真的是虚无吗?这里面明明什么都有啊,雪水的味道、家园的味道、回忆的味道、灾难降临的味道、妈妈的味道、情人的味道,喝到嘴里眼泪都要流下来了。啊,真是又幸福又难过,他们搂着对方的脖子,又灌下满满一杯。属于酒鬼的生活虽然不会比一个果园更辽阔,可是他们此时却像拥有了掌握幸福的咒语,在一种神秘仪式中,完全放纵自己的喜悦与激情……

如果说果园里的酒事还有那么点诗意的话,街道旁的酒鬼,则充满了人生的难堪和滑稽。一条偏僻的街道上,三个男人坐在路边的一小块草坪上喝酒。车来人往,他们旁若无人,不管世人投向他们匆忙而轻蔑的眼光。酒瓶依次传递,他们稳稳地盘起腿,好像不是坐在城市一块面积拘谨的草坪上,而是坐在无边的草原,身后鼓荡着清新冰凉的风。渐渐地,他们的背景模糊,好像一些远去的事物渐渐浮现,旷野的歌声、逐水草而居、炊烟、羊粪……孤独而忧伤的气息弥漫城市的上空。啊,怀念与挽留,居然以这样的方式表达出来,或许可以这样解释,生活中的丑角,尤其具有轻易之间化解悲剧的能力。

可是醉不是一件可耻的事,谁有权利鄙视一个喝醉的人？醉，应该是人生最美好的情态之一——精神和肉体处于从未有过的统一，松弛、激荡、率真，在一种愉悦的情感里，相信来自人群的爱和温暖，并将得到的一切，毫无保留地奉献给周围的人。可是醉不一定要靠酒达到，有时候完全是由一种极致的情绪造成，爱情的醉、春天的醉、自恋的醉，这些醉都与喝了酒一样，醺醺然、飘飘然，物我相忘，天地合一。可是这种醉有些“文艺”，更多的人需要依靠酒的力量，比如那些在小巷里徘徊的人、渠沟里昏睡的人和林子里永远找不到出路的人。

酒，因为人们热爱才产生传奇，酒的诞生才会显示出格外的意义。可是凡事一旦过了头，就会走到另一个极端。就像爱一个人爱得过于猛烈，不是被对方伤害，就是伤害对方。尽管没有人比酒鬼更懂得酒的美妙——当酒鬼握着酒瓶，闻到酒的芬芳的时候，就会感到内心的安慰而热泪盈眶——可是他们比任何人都更了解酒的强大，它在血液里发起疯来，简直要把人抛出地球呢。这种感觉虽然让人感到恐惧，但酒给予的勇气也是那样动人——灵魂就像被洗刷了一样，像湛蓝的天空那样纯洁，或许，只有这样的灵魂才配向上苍祈求：一切可以重新开始吗？

酒鬼们的脸已被酒拧成一团，痛苦与欢乐并存，无可救药。当阳光越来越暗的时候，他们痛苦地扶着土墙，嘴里含糊地叫喊:“喂江……喂江……”精神像将要脱缰的野马,嘶喊、跳跃,努力挣脱肉体的羁绊与束缚。而肉体,却进行着苦苦挽留。就在这种分离的挣扎中,酒鬼的非正常行为,成为世间看得见的罪恶。

酒鬼在酒给予的虚幻世界里得到幸福和温暖。可是世俗生活并没有改变,在清醒的人群里,他们像小丑一样可笑,令人厌恶和同情。酒鬼清醒之后,难堪地陷入世俗的阴影。有什么办法可以帮助他们逃避这些呢?只有酒。就是这样,醉了醒,醒了醉。尽管这常常不是他们的本意。

人生有许多事情不知不觉,深陷其中,无法自拔。酒鬼的命运充满人间悲喜剧,幸与不幸、爱与哀愁,一切,比酒更浓郁。

苹　果　树

似乎在各种不同的果树中，只有苹果树与生活的关系最密切。不仅郊外的园子里种着大面积苹果树，小巷许多人家的院子里也有苹果树。苹果树太普遍，以至成了伊犁风情画里不可或缺的景物。我觉得，如果将新疆各地典型民居拍下来，土崖上的民居、沙漠边缘的民居、暗渠之上的民居、葡萄树掩映的民居，虽然都具有西域风格与特色，可是只有生长着苹果树的小巷或庭院出现的时候，我们才可以一下子指认出：这里是伊犁！啊，苹果树，一枚别在伊犁胸前的徽记，亘古久远。

怎么能没有苹果树呢？生活中所有的一切——树下的晚餐，一场场歌舞，洒落在院子里的星辉、鸟鸣，冬天的果酱，葬礼，地毯上的午睡以及小巷孩子们的童年——都在苹果树的支撑与遮蔽中……或许这样写并不公平，难道园子里的杏树、梨树、桃树、桑树、樱桃树，就与生活不密切？果实成熟，每个季节都有不同的水果享用，最幸福的就是嘴巴，整日被芬芳的物质填满。可是满足口腹之欲并不是主要的，收获给我们带来精神的丰盛，胜于从树上采摘下来的所有果实。从这个意义上讲，你认为飘荡在空气里的各种香味，哪一样是可以删除而无意义的？啊，就是这样，伊犁生活的美满，正是各种果实气味的总和。可是现在我提出的疑问是，为什么苹果树与这片土地格外贴切，比其他果树更能说明“在伊犁”？它与这片地域有着什么样的渊源？就像我不能说清什么是爱情一样，爱情不仅包含气味、饮食、幻想、童年经历对一个人的影响，还有多巴胺、加压素和醋酸催产素之间的交互作用，神秘而复杂，渊源——也是一件令人无法清晰表达的事。

种植树木是维吾尔族人一种与生俱来的习惯。他们喜欢在房前屋后栽种各种植物，树木和花草将庭院围绕起来，在花朵的芬芳中，果实噗噗坠地——一种不自知的财富与奢侈。我觉得，习惯不过是一种在生活中被固定下来的行为。可是似乎不仅如此。为什么他们的习惯好像某种遗传病症，代代相传，集体发作？是不是习惯经过漫长时光演变，会逐渐变成血液里的基因？就像现在，种植成了一个群体情不自禁的行为。

可是这些能解释苹果树出现在小巷的根源吗？还是抛却女性认识里一些莫名其妙的想法吧，如果追溯得客观一些，可以看到以下资料记载：作为古地中海区温带落叶阔叶林的残遗植物，野苹果生长于海拔900米至1600米的天山前山地带。主要分布在新疆伊犁西天山深处，东起新源县和巩留县，向西经昭苏、察布查尔、霍城县三县，延伸至哈萨克斯坦的阿拉木图州、塔尔迪库尔干州，再至吉尔吉斯斯坦的伊塞克湖州、塔拉斯州，最西到达哈萨克斯坦的希姆肯特州和乌兹别克斯坦东部的费尔干纳州。伊犁河谷土地开阔，冰川资源、“湿岛”气候等独特的水土光热条件，为野生苹果生存繁衍提供了有力的生态支撑，野果林面积浩大，生物物种多样，伊犁是名副其实的野果天堂。

我见过这些野果林。浩浩荡荡，布满山坡谷地，广阔而壮美，与梭罗在《野果》中引用帕拉狄乌斯所说的情形一模一样，“大地上到处生长着苹果树，没人种植，没人照看”。野果树从山脚一直向高坡生长，像一群群长腿的马鹿在奔跑，跃越一座山又一座山，自由、灵性，充满野性的表达与展现。可是野性不是表面的，而是出于内心的独立——它们“在野性中保存着这个世界”，每一个野果子核内，2000万年前的野生遗传基因密码仍秘密存在。啊，又是遗传，正是这生命深处的神秘记忆，向世人透露了“关于苹果最初的草图”（迈克尔·波伦《植物的欲望》)。那么,再没有比野生苹果更早到达河谷的生命——地上荒草漫漫,天山雪水四处流淌,遍地野果树下,西域各种野生动物成群穿过。而远方,一群更为高级的生命正向此地缓缓移动。大地上的迁移,充满了命运的未知与动荡,谁知道前方会遇到什么?谁能肯定遥远的土壤更适合生存?可是一种咒语般的召唤不断在耳边回响,人们无法停止移动的脚步。水向大海流淌或许也不是地势的原因,而是感受到远方一片海域辽阔、梦境般的隐约召唤。啊,生机盎然的荒野中,不仅可以找到苹果树与这片土地的渊源,还有与人类的渊源。一切,充满等待的意味。

可以想象,当那些游牧民族一身疲惫,在迁徙途中与一片绽放的果树相遇时产生的幸福与感动。他们决定在这里暂时休整。时光流逝,人们开垦土地、建造房屋,一个具有规模的城池渐渐形成。13世纪,阿力麻里在河谷建立起来。就是这样,家园的确立不一定经过深思熟虑的考察,而是对一片土地产生的信任与眷恋。树底下第一缕炊烟此时具有象征意义——游牧生活的一次停顿,俗世生活向荒蛮之地的初次问候。

史书对阿力麻里——这座以苹果命名的城市曾是察合台汗国、东察合台汗国和蒙兀儿斯坦的首都,丝路北道上著名的国际都会这样描述:“城内街市流水交贯,果园诸多”。我们似乎可以看到，整个城市清洁芬芳，街巷内果树繁茂，渠水从道路两边潺潺流过。啊，伊犁生活的安宁与诗意，古已有之。

现在，阿力麻里虽然早已不复存在，可是在它的遗址上，苹果树依旧年年开放，好像还是原来那一株，千年时光在它们身旁流转。

一些野果树至今还在山上，另一些野果树经过嫁接、驯化，走进人类生活。它们结出甜美的果实，成为世俗生活的一部分。当一种物质最大限度楔入生活，属于民众、属于日常的时候，就会渐渐上升为一种精神寄托。苹果被反复吟咏，不断出现在我们的诗歌、民谣、地名与定情信物中。只是它出现的时候已不再作为果实，而是一种象征，与苹果对应的，是另一些词汇：家园、信仰、血脉、爱情。

现在，随着城市的建设发展，苹果树已经没有原来那么多了，大片果园消失，高楼大厦从从前落满花瓣的地方一幢幢拔起。可是郊外的果园仍然存在，它们一座连着一座，将城市围绕起来。年轻人的手风琴声常常从林子里传出，充满爱情的欢快与忧伤。而在城市的一条条小巷，果树伸过院墙，枝丫举向天空，在蓝色天空下就像一幅幅具有波斯风格的细密画。我觉得，如果以一种果实来作为伊犁的意象，一定是苹果——明媚的光泽、幽远的子核、纯朴的芬芳，那内在的气息，正是伊犁地域深处的品质。

我曾经品尝过野苹果。那些外表布满虫噬或雨点击打过痕迹的果子，吃到嘴里，味道酸涩，可是因为站在雨水中品尝，就会感到丝丝甘甜和清凉的气味。不过，并不是所有的野苹果都酸涩，有的也很甜。据说还有苦味道的苹果。我听说有一种野果树因持完全对立的观点，结的果子一部分酸，一部分甜，整棵树集矛盾于一身。那么，再没有比苹果更懂得人生况味的果实了。

以前我家院子里有三棵苹果树，从来没有结过果实，即使有一年开了满树的花朵，最后也没有结出一颗果子。我不知道那些果实都跑到哪里去了。可是苹果树枝叶繁茂，好像满腹话语，我感到一切并没有结束。离开那个院子之后，听说搬过去的那户人家在当年秋天就收获了那三棵树上的果子。三棵苹果树和我们一起生活数十年，它们站在院子里看见了什么？一个从中原来到边疆的家族的分崩离析？无论多么繁荣的家族都会走向分离，就像一棵树总会迎来自己的秋天。祖辈们不会想到，孩子们最终像蒲公英一样飘散，或者像逆流的鱼，费尽周折沿着他们来时的路回到关内。从终点回到起点，人生从未停止过动荡与漂泊。整个家族发生了多少事情啊，那一切的不幸与辗转。我觉得并没有什么真正的根，人生就像一种水生植物，随波逐流。漂泊是无法避免的命运，或者说，漂泊本身即是命运。

我相信世界上一些植物与人类心灵相通，并以植物的敏感预见未来。否则，为什么乡下一个老女人死去之后，她门前那棵果树会渐渐枯萎至死？院子里的三棵苹果树因为承受着一个家庭的悲欢离合，不能痛哭，不能逃避，不能言语，而只能在忍耐中，暗示无果人生。

除了山上的野果树还在漫游，完全忘记时间外，其他果树都来到果园和小巷，与这片地域上的人群一起承担生活。对这片土地上的大多数人来说，生活不在别处，只在近处，他们只有依靠着果树，才会感到生活的真实与温暖。苹果树下——小铁炉上的肉汤正在翻滚，孩子们在巷子里尖叫穿梭，一位老妪坐在门前，黄昏正将她缓缓湮没。而在另一条小巷，一个怀抱婴儿的年轻女人突然陷入恍惚，好像那时节遇到的那个人就在身旁，一个好男人，那时候却独独属于她，以至她常常心怀感激地认为上苍听到了她在清晨的祈祷："我的良人在男子中，正如苹果树在树林里。我坐在他的树荫下，尝他果子的滋味，觉得甘甜……"啊，与庭院外墙上的蓝色相反，苹果树不能作为生活广阔的背景，而是可以相信的理由和依据。

榆　　树

说起来呢，伊犁的榆树并不比其他树种少，道路两边、田野、山沟、乡村的房前屋后，都可以看见它灰蒙蒙的身影。灰蒙蒙，不是因为日日站在大路旁沾染了尘土，而是它本身那灰头土脸的样子容易让人联想到一些词：粗糙、寡言、穷、艰辛、忍耐。如果山坡上站着十来棵榆树，就像一群人聚在灰暗中，这些人，刚从火车站出来，举目无亲，堆在脚底的行囊窘促而茫然。榆树，与绿化带里那些或出身高贵或气质优雅的树相比，白柳、夏橡、小叶白蜡、丝棉木、法国梧桐、侧柏、杜松、复叶槭、白杨……好像不是一回事。啊，其实我并不觉得它们不是一回事，每个树种形态不同，但本质上没有差距——你能说出哪一种树特别重要而哪一种不重要吗？不能。那么，榆树为何不像其他树木那样受关注？只好这样解释：不为什么，命运如此。世间一切生命平等，但生命与生命境遇不同，幸与不幸、暗淡与辉煌、美丽与丑陋，命运的安排，有什么办法……城市绿化树几乎放弃了榆树，虽然现在某些路段还能见到榆树，但也稀稀疏疏的几棵，可能是来不及砍伐而无意间得到了保留。很少有人关注榆树，榆树就像不存在一样，它站在其他树木的阴影里，成为美人身后的侍从——消失于一种忽视。

在这片地域，白杨树得到的赞誉最多，它的命运正好与榆树相反。白杨散发着这个城市早年的气息，人们看到它，记忆复活，往昔生活的片断就像影子一样倏忽闪现：一排排土平房、冬天树上落满乌鸦、喇叭里的维吾尔族民歌像长了翅膀一样在林间穿行……人们对白杨树怀着别样的情感，即使现在引进诸多外来树种，白杨树越来越少，路上遇到，仍会向它投去匆忙而深情的一瞥。白杨树因为承载城市历史、个人成长经历以及一片地域风情而成为一种标志，它逐渐从一棵树中脱离，走向形而上。啊，如果表达自身，不如沿原路返回，回到最原始状态，体现一棵树最初的意义。举目远眺，云杉在海拔 1500 米~2800 米的天山上出现，郁郁葱葱、直冲云霄，它们大面积聚集，覆盖了整个山脉，绿色因为不断加深而变成黑色，浩瀚无边的黑森林啊。云杉伟岸、孤傲，如同古代侠士，令人不禁产生无限敬仰……侠士是以复数形式出现的，重重叠叠、气势磅礴，天山情怀就在云杉起伏间尽情展露……我觉得，像云杉这样的树确属实力派，它得到的至高荣誉——在2005年《中国国家地理》推出的“选美中国”特辑中，云杉荣获“中国最美的十大森林”第一名——不是浪得虚名。不过，经过一些人情世事，我也觉得，实力固然重要，但名气有时候不一定靠实力获取。榆树外形不算美丽，但不能说没有实力。李渔在《闲情偶寄》里写道“树之能为荫者，非槐即榆”。榆树的荫翳如此庞大和浓密，树么，具备这样的功能难道还不算实力？在现实生活中，榆树因其木性坚韧、纹理清晰而被广泛应用，家具装修、农用器具、桥梁、建筑等无不涉及。可是这又怎么样呢？它始终呆在无名之中。

只能说一些植物的运气太好啦。两千年前，孔子看到松柏，回顾了一下对它的印象，然后说：“岁寒，然后知松柏之后凋也(《论语·子罕》)……”松柏耐寒，本性耳，可是经孔子别有深意的一指，从此与人的精神品质联系在一起；周敦颐看到水中莲花，不禁为之惊艳，脱口而出：“出淤泥而不染，濯清涟而不妖……”从表象直抵内涵，再没有比莲花更具品格的花朵。经过一次有意义的文化命名，一些植物越过植物志而与人类精神品质产生关联，使人一听到它们的名字就感到某种寓意，它们上升到象征的意义。可是不走运的榆树，既没有被孔夫子看到，也没有被周敦颐或者任何一个有分量的人物看到，没有命运中那偶然且关键的一次命名，没有办法，只能呆在无名的行列。

可是大自然不会忽视任何一个卑微的生命。初春，万物复苏，榆树刚刚打开锯形叶片，人们就会发现，在还不怎么浓密的叶子底下，已经结出一簇簇紧密的淡绿果实——榆钱。硕果累累啊，果实比树叶还要显得繁茂，使人在看到一棵榆树的时候，为它蓬勃的朝气所感染——啊，低处不是沉沦的理由，希望就在前方等待。果实和树叶共同努力，使整棵树充满家族的兴旺与和谐，就像那个年代的童年，在匮乏的物质生活里仍然拥有真实的快乐。榆钱可食，吃到嘴里有一种顺滑、清凉的感觉。《全国中草药汇编》记载：(榆钱)性味微辛，可安神健脾，对治疗神经衰弱、失眠及食欲不振有一定疗效。难怪初春里常常可以看见锻炼的大妈们提篮出现在公园或郊外，原来去采榆钱。不过我觉得她们并不是用榆钱治疗失眠症，而是准备带回家做一道菜：将榆钱摘洗干净，拌上玉米面或白面之后蒸十多分钟，不论泼上佐料直接吃还是炒着吃，味道都很好。孩子们也喜欢采榆钱，却不因为吃，而是以采榆钱的借口去爬树。站在树底下的每个人都有一点兴奋，采榆钱的动作很是粗放——选一根长满肥大果实的榆钱枝，从上到下一撸，真要命，连叶带果实全下来了。可就是这样被人采得光光的枝条，到了盛夏，也没见哪棵榆树是光着身子的。真是一条贱命啊，毕竟受到伤害，连一点装出来的虚弱都没有。

夏天的时候，我们去霍城县一个叫榆树沟的地方看风景。听说那里有一片特别的榆树林，树木恣意纵横，有着野生植物的狂野与自由，许多榆树不但形态乖张，而且树干上突起一个又一个疙瘩，独角兽、老人头、穿着盔甲的恐龙……形状奇异得令人浮想联翩。可是看过之后，我觉得这些疙瘩不是好看不好看的问题，而是如何面对的问题——或许我们欣赏的，正是人家的肿瘤……一般情况下，人们会给认为有点意思的风景区取个好听的名字，绿荫亭风情谷什么的，不管雅还是俗，都是用脑子想出来的，可是有榆树的地方取名字可以不用脑子，直接叫榆树沟。所以大地上有无数个叫榆树沟的地方。对于喜欢的——胡兰成回忆张爱玲，“这世界上，但凡有一件事一句话是关于张爱玲，皆成其为好”——而放在不喜欢的榆树身上，可以这样说：这世界上任何一个地方，只要与榆树有关，连名字都是潦草的。

我觉得不管生存条件如何，一片地域总会产生与之相适应的生命，假如在恶劣环境中生存，首先要有一个适应它的身体，可是比身体更重要的，是一颗韧性的心。要知道，面对生活的艰难，首先撑不住的不一定是身体，而是精神的垮塌。

一些植物与人类生活在一起，不一定是想获取人的照顾，而是不能忍受孤独。另一些植物远离人类，不肯与人为伍，却在山野中大面积生长，它们是以集体的形式对抗孤独。啊，孤独，所有生命都无法战胜的心理问题。可是榆树，不管土地瘠薄还是肥沃，不论身处孤独还是喧哗，都能默默生存。在荒芜的旷野，如果远远看到一小片绿荫，可以肯定——那是榆树。榆树常常成为空旷大地的坐标。想想看，那些四处漂泊的人走在无边的荒蛮之地，一定是以荒野中最醒目的一棵树作为标志。他们走到树下，掏出干粮艰难咀嚼，这时候发现身体靠着的是一棵老榆树，内心充满感激。榆树给了他短暂的阴凉，使他在漫长疲惫的路途中拥有一个放心的睡眠。现在，我们在旅途中看到一些车站或村庄的名字叫"三棵树"或"七棵树"，如果追溯这样的名字来历多半和榆树有关，是那些最早来到此地的人在树下的一次停留，然后像创世纪一样给予的命名。没什么好怀疑的，可以在短时间内得到穷人、流浪汉、垦荒者信任的，只有灰蒙蒙的榆树。

可能……可能榆树才是一棵真正属于边疆的树，站在粗粝的风沙、春寒和无边旷野的孤寂中，心平气和完成一个属于底层阶级的一生。榆树即使活到百年，也不会像其他大树那样显示出沧桑者的威严，或者因为某些传说而产生神秘性。榆树到老也没有形成那种令人崇拜的威严气质，树干上奇形怪状的树瘤反倒让人觉出几分滑稽。可是我不敢触摸这些肿瘤，我感到手指的痉挛，担心摸到一肚子苦水。无用的人常常是这个样子，帮不上忙，倒是敏感得比苦难的承受者还要脆弱。

山风吹来，榆树发出轻微的笑声，沙沙沙——沙沙，好像怕惊扰了什么，它们的克制有着卑微生命对这个世界本能的谨慎。我觉得，榆树对命运的忍耐不仅出于生命本身的纯朴和善良，更多的，出于底层生存者的无奈和悲凉。放眼望去，大地上到处都是这样的生命。

蜜　蜂

这些在动画片里穿着海军衫的小东西,其实有着无比精美的身体,整体上看,就像一个饱满紧致的花蕾。而那对翅膀,如疾速扇动的叶轮,产生强大的动力和气流,将它的小身体稳稳悬浮在一粒花蕊上。太阳底下,我常常觉得它们不是一个个小昆虫,而是不停跃动的光斑。这些大地上的光斑,倏忽西,倏忽北。是谁在天空用无数小镜子做着人间孩童的游戏?

果园里,蜜蜂找到第一枝绽放的花朵,在空中飞舞出谜一般的语言,然后过不了多久,就会飞来一群蜜蜂。嗡嗡嘤嘤,像细小的涟漪,使春天的水面渐渐扩大、荡远,然后波及整个世界——一只蜜蜂的到来,然后才是整个春天的到来,这就是蜂蜜的力量,以微小的声音唤醒一个庞大季节。

多么敏感的生命啊，能嗅到花朵中隐隐约约的气息，雨水、阳光、梦想、生殖以及无缘无故的羞涩与喜悦。每一个因素都可以代表春天，当其中任何一个出现的时候，蜜蜂就可以肯定自己的判断：春天来了。各种果花在春风中依次开放，杏花、梨花、桃花、苹果花，花蕊炸开点点金光，如同蜜蜂的喜悦在春光中颤抖。可是我们只看见波澜壮阔的美，往往忽视一朵花的情感，只有蜜蜂，能关注到春天最细微的部分。它亲近每一朵花，知道哪些花产生的蜜汁最香浓，哪些花的子房正暗结胚珠。蜜蜂了解果园里的一切秘密。在追逐花朵的过程中，蜜蜂是季节的精灵。

可是谁知道蜜蜂是什么时候来临的呢？它们好像是在阳光照射大地的瞬间诞生，所以全身布满金色的绒毛。或许这些只是对蜜蜂可爱的臆想。女人对喜欢的事物总是充满毫无理性的想法，就像我从前一直认为天鹅不是以交配进行繁殖，它们的纯洁就像湖水中倒映着的蓝天白云，与俗世行为无关，包括交配。天鹅飞翔的时候在风中神秘怀孕，然后找一个不为人知的地方产卵孵化。当一只有过生育经历的天鹅出现在碧水中的时候，仍然有着天使般的纯洁和修女般的贞洁。这样稚气和脆弱的想法，常常来自女人，女人在面对美好的时候，常常比美好本身更脆弱。实际情况是，如果想真正找到蜜蜂的来源，就不能忽视随季节迁移、追逐花草的养蜂人。

油菜花盛开的时候，在田野旁边开阔的空地上，常常可以看到一两处简陋的帐篷和一行行排列整齐的木箱，这就是养蜂人和他的蜜蜂家族。在接近一些养蜂人之后，我发现每一个养蜂人都是行业准专家。可是我觉得，养蜂人最丰富的知识不在于了解当地蜜源、水源、地形和气候状况，他们最深的体会应该是——甜蜜的获得从来就不是单一的，总是伴随更多的艰辛和苦涩。那微量的甜蜜，不过是生活给予的一点小小安慰。可是啊，支撑整个人生的，往往就是那么一点安慰，一点愿望，或者，只是那样的一段情，那样的一个人。

养蜂人的生活很特殊，离群索居，像候鸟一样迁徙。或许你会说，当然是这样啦，哪一种赚钱方式都是辛苦的。可是这与我说的并不是一回事。对一些人来说，养蜂出于内心的需求，是一种生活方式。我想起一部电影。一对夫妇因为在城市里遭到不幸——女主人在一场事故中面容被毁，她无法在城市里找到正常人的生活，于是选择野外放蜂。和这些小生灵在一起，每天睡在花草旁。女人戴着面纱，谁也看不到她的面孔，她在面纱背后放蜂、收蜜，感到无比自在，内心因为宁静而快乐。我并不认为这是女人对生活的逃避，有多少坚强的心灵可以面对灾难？如果可以逃避，逃避其实是一个很好的选择。因为最糟糕的情况，是无处可逃。养蜂可以远离喧哗和歧视，让受伤的心在自然的原野里慢慢愈合。这有什么不好呢?或许和大自然长久亲近,心灵越来越纯净,思考从前根本来不及想的事情,内心开始接近一个诗人的内心。这应该是不幸中一个意想不到的收获。

伊犁是新疆重要养蜂区。将城市包围起来的大片果园、农田里一望无际的油菜花和向日葵,都是蜜蜂广阔而明媚的天堂。而那漫山遍野的野生花卉,更是蜜蜂在春夏时节赶赴的一场场浪漫约会。春天伊始,首先开放的是沙枣花,浓郁的芬芳仿佛一个情感饱满的开场白,为蜜蜂激情演出拉开序幕。各种野花在高山牧场绽放,红的、白的、黄的、紫的,凋谢与生长,如同夜色中星辰的永恒与消失。野生花卉中夹杂着大蓟、党参、益母草和一枝黄花,这些野生药材的蜜汁,使伊犁山花蜜品质在无意间蕴藏神奇功效。

河谷大地流光溢彩。蜜蜂不断飞舞,嗡嗡嘤嘤,嗡嗡嘤嘤,声音不大,但低沉有力,如同充满磁性的男中音。每一朵花都对身边这位不断表达爱慕的小生命充满好感——满腹情话、浪漫真诚,不辞辛劳而甘于奉献。这些,足以打动任何一个雌性心灵。花朵完全绽放,最大限度地呈现身体和美。整个季节弥漫无忧无虑的恋爱的气息。

根据山花开放的不同时期,养蜂人有时出现在田野,有时驻扎在山谷和牧场。晨昏寂寥,山风清冷,陪伴养蜂人的只有蜜蜂。生活是寂寞的,但也充满了喧嚣和忙碌。蜜蜂不停地来回采蜜，养蜂人也不闲着，每天的工作包括摇蜜、为蜂群分家、采集蜂王浆和花粉。在朝夕相处的过程中，蜜蜂和养蜂人之间建立起一种神秘关系。它们在养蜂人身边飞舞，感觉到一个内心简朴的人散发出的气味——与草木相似。原来人类也是大自然一个善意的种群呀——蜜蜂感到真正的信任和安全。它们围绕主人玩耍，藏在他的头发或衣角里，直到同伴无法找到的时候，再开心地飞出来。

有一回去县城的路上，我看到前面的一辆车突然出了车祸，侧翻到旁边的路沟里。司机侥幸逃脱，车上的几个蜂箱却掉下来。箱子摔裂，蜂群轰然而出，就像一个魔法盒子被打开，将里面关闭的魂灵放出来，一小团黑云瞬间升腾在空中，停留片刻，然后“刷”地飞走，转眼不见踪影。蜂群会去哪里？是到处流浪，还是会在即将来临的一场暴雨中集体毙命？我看着空空的天空，内心产生无限忧虑，而天空空白，好像欲言又止。

伊犁黑蜂最著名。可是伊犁黑蜂却像从摔裂的箱子里逃出去一样，留下无言的空白。它不是突然消失，而是逐渐消失于历史的天空。伊犁黑蜂于20世纪初引入河谷，它携带不凡基因，具有很强的采蜜能力，属于一种特殊而优良的蜂种。当时伊犁一些县城，尼勒克县、特克斯县、昭苏县都建立了种蜂场和大型养殖场。那是伊犁黑蜂最辉煌的时期。可是黑蜂习性暴烈，不像其他蜂那样容易驯养，它们顺应天性而不在一种体制内。渐渐地，黑蜂被其他蜂种替代，到20世纪90年代已基本消失。这好像是一个隐喻——个性里面包含叛逆、反思与激情，体现生命潜在的力量。可是大多数的个性最终会向生活妥协，因为复杂的社会生活对个性的消磨，就像流水对卵石的教育。那么正逐渐消失的黑蜂，是不是甘愿牺牲也不愿妥协？一颗不妥协的心啊。目前的情况是，因为黑蜂的极度个性，使人们对这一物种纯度的保护工作很难展开，现在纯种黑蜂是否真的存在，似乎已是一个疑问。为挽救这一珍贵物种，一些部门虽然设立专项资金进行提纯复壮项目，可是谁知道，这种人工的挽救究竟能有多少效果？

有些事情，人为的努力是一个方面，事物本身的自我放弃，又是另一回事。

土　豆

土地被翻开，地底下的秘密全部暴露在阳光下，蚯蚓的卵、草根结成的庞大同盟、动物坍塌的家园。空气中弥漫着新鲜泥土的味道，田垄上躺着一堆堆疲惫的土豆，它们刚刚从黑暗的泥土里钻出来，对一切还没有适应，就连阳光、空气都是陌生的。一种奢侈的充沛，铺天盖地涌来。土豆躺在阳光下，慵懒、结实、肥胖，在散发着饱满的生命的气息里，土豆的满足感如它本身沉甸甸。

土豆的样子很土，可是我们不能因为它生长在泥土深处就原谅它的土。人家萝卜也是从土里直接钻出来，但是一瓢水下去，泥沙褪尽，就像灰姑娘穿上水晶鞋，水灵的相貌和丰富的内涵完全改变命运——和排骨炖在一起，成为民间晚餐绝佳的配对。土豆是永远找不到水晶鞋的灰姑娘。无论怎么下工夫，都不能改变它从本质上对一餐晚饭清贫的定义。土豆怎么能和其他蔬菜媲美呢？红润的番茄、曼妙的丝瓜、长发般飘摇的豇豆角，无一不拥有美妙的皮肤和曲线，让人产生一种与青春有关的美好联想。可是唯有土豆，让人一眼就看到了它的中年。

真的，土豆好像没有青春期，它从土里一出来，就已经到了成熟的中年。可是我看过土豆的播种，春天，当土豆怀抱嫩芽一小块一小块埋在土里的时候，还是一个害怕伤口感染的婴儿啊。在黑暗的泥土里，它是如何迎来自己的少女时节，又是如何像乳房一样膨胀起来的呢？土豆的成长是一个谜一般被埋藏起来的过程。可是我觉得，不论一个生命经历过什么，青春的美都是挡不住的，就像每个人年轻的时候，身体都会呈现水波一样的光芒。五月，田野里盛开白色的花朵，土豆也迎来了它的青春。多么明媚啊，那洁白的花瓣，显示出内部的朴素与端庄。土豆花不繁密，很节制地点缀在绿意盎然的枝叶上，整体风格如同一件碎花棉布裙。啊，碎花棉布裙，我感到一种来自少女时期遥远的温暖。可是没几天，土豆的花期就结束了。碎花裙渐渐飘远。它为何这样匆忙，要奔向哪里呢？人们不禁猜测到地底下那急不可待的发育。我对花期的过早凋谢总会产生莫名的忧患，就像看到身边走过的那些匆忙的女人。这些女人与自己的青春时期有着很短暂的过渡，她们刚刚进入婚姻，或者还是一个才长开的女孩子，转眼就会变成一个充满世俗烟火气味的女人，她们目光流露出的强悍，使人感到一些俗气而现实的观点。我感到不解，将一个女人迅速改变的是性、男人、婚姻，还是女人对这些不自然的看法？她们为什么要走得这样快？内心的羞涩和纯洁会因为身体的经历而失去吗？

可是土豆的成熟不因为别的，而是与生俱来的理想——穿越生命的黑暗，直接通往广大的世俗生活。我觉得不管土豆的理想是什么，它与世俗生活确实有着十二分的贴近，仿佛天生的平民，不仅长得健壮平常，而且对生活的计划也很实惠——既可以做蔬菜又可以当粮食。在那个物质匮乏的年代，正是土豆安慰了深渊般饥饿的肠胃，才使我们渡过贫困而无奈的岁月。所以土豆再怎么胖，都不会让人觉得过分，似乎没有一种肥胖像土豆这样让人感到高兴和踏实。它像一个温暖的妇人，或者妇人温暖的胸膛。

土豆具有惊人的生育力。那无边无际的生育，好像可以覆盖整个大地。一小块带芽的土豆块茎埋在土里，秋天的时候，就会获得几何式递增的丰收，这到底是土地的奇迹，还是土豆的奇迹？一堆堆土豆被装进麻袋，田野里充满丰收的喜悦。可是没有人真正了解土豆的想法和经历。一些经历永远属于个体，无法与人分担或分享。就像一个产床上的女人，她在进行每个女人都要完成的繁衍任务，人们知道生孩子的艰辛，颂扬母亲的伟大，可是谁知道一个女人的身体和内心真正经历了什么？就连女人自己也不能完整地说出那些隐秘的欢愉和悲痛。土豆在泥土里的生殖无人知晓，只有当果实暴露在阳光下，一车车运往市场或工厂，进入到千家万户的时候，人们才会突然发现，原来整个人类都依赖土豆的喂养。一个平凡者的胸襟，何以这样广阔？土豆承袭了大地的品质，显示出地母般的仁慈与怜悯。

张爱玲在《谈女人》的文章里，引述了奥尼尔戏剧《大神布朗》里的地母形象，是“一个强壮、安静、肉感的女人，皮肤鲜活健康，乳房丰满，胯骨宽大，她的动作迟慢、踏实，懒洋洋地像一头兽”。女人本来是以弱者的代名词出现的，或许正是因为“弱”，才具有强大的忍耐力与宽容。而这些，却使女人担当起安慰人类的使命。地母将死亡与生存、丰收与贫瘠、欢乐与痛苦全部搂抱在肥沃的胸膛里。而在日常生活中，女人是具备这样的胸膛的。女人是具有地母精神的。张爱玲写到这一点，也收起她的刻薄，认为“女人纵有千般不是，女人的精神里面却有一点地母的根芽”。而土豆作为土地的女儿，直接体现了女性精神——宽阔的爱与慈祥、强大的生育力。它几乎满足人类所有千奇百怪的胃口。它喂养人类，却不在意人类的忽视。土豆永远那么沉默，它好像也希望人们以这种方式将它遗忘。可是有一天我们终于开始注视它的时候，不能不承认，在土豆的平和与隐忍里，其实是存在一种高贵的。

现在，土豆已经显得不那么重要，它的时代过去了。菜市场里有各种蔬菜，人们在餐桌上不必顿顿摆着它，而且在一些宴请上尤其不要把土豆拿出来，这个终生带着土味的家伙，无论手艺再高明的厨师，都不可能将它做出山珍海味。好了，不要再说了，这和土豆有什么关系？它有自己的方向，什么也不能将它改变。土豆内心的定力是经得住时间考验的。就比如现在许多蔬菜已经不能把握自己，它们被化肥、温室或是其他什么技术改造成另一种样子，失去原有的纯朴和芬芳的时候，土豆还是土豆，坚持着内心的淡泊与宁静。我始终觉得，土豆的所有品质，其实都在表达一种责任，它对这个世界始终怀着爱与关怀。就像那些于世间修行的人，草衣敝屣，却要普度众生。可是我们不知道，土豆的责任感来源于自身，还是因为人类对它的期待？或许，我们永远不能理解一个平凡者的伟大境界，所以我们也不会懂得，土豆的责任感从哪里来，又是为什么？

鹰

写下这个标题,我突然感到自身意识上的局限与狭隘:云层中的鹰,怎么可能只属于哪个地方?谁能肯定,它的翅膀上没有凝结天山托木尔峰的飞雪、昆仑山脉和帕米尔高原的寒风?还有掠过的绿洲、戈壁、雅丹地貌、内陆河、流动沙丘……啊,这些仍是局限,对鹰这样视野极为广阔的生命来说,世界是一个整体:天空连接着大地。即使降落在那拉提一个真实的山崖上,这个有着具体名称的山崖也是被忽略的。应当说,鹰,降落在大地上。这个标题,只能证明我在那拉提看到了它,而它非属那拉提。鹰飞得太高了,其他的鸟在半空翻腾,飞短流长,这使鹰的象征意义一目了然:代表高处的精神与境界。鹰属于一种从普遍事物中脱轨的个别现象,不在体制或范围内。

因为不在范围，所以我们去探望鹰的时候不必像探望其他动物那样跋山涉水，拨开丛丛茅草，只要站在草原上仰首张望，不断仰，直到脖子发酸，或许可以在某片云朵下看到一个小黑点，一动不动，那就是鹰。只可能是鹰，因为“在鸟类中，鹰飞得最高，自古以来有‘天鸟’之誉”（布封《自然史》）。至于为什么非要飞得那么高，我是这样理解的：鹰具有比其他鸟类更绝对和极端的飞翔冲动。不要停，不要停，不动声色的扇动中蕴藏巨大力量，上升，直到脱离地球引力，像星辰一样贴在天鹅绒般的夜幕上……可是，仅仅有一颗向上的心是不够的，越往上越艰难，地球引力、风的牵绊与气流阻隔常常使鹰像断了线的风筝一样飘摇、下坠……啊，我纠正一下我刚才的话，这样的飞翔不可能来自冲动，冲动只是一时的情绪，短暂而脆弱，怎么可能成为支撑鹰长久而坚定的动力？我们不能简单地理解一只鹰向往高处的激情。鹰终于飞入云层，处于俯瞰万物的角度，内心从容而广阔，此刻，它清晰表达了内心真正的愿望——脱离庸常，脱离庸常的思维方式及生活。鹰实现了自己的愿望，现在的情况是——鹰不仅飞得高，而且达到的那种高度使地面上所有生命对它的仰望都显得费力。

可是鹰不属于那种人人都喜欢的鸟，它不像天鹅那样符合大众审美，它身上的象征性是多义的，既体现勇敢和力量，也表达冷酷与残忍。一只野兔在山坡上东张西望，或者一条蛇在草丛东游西逛,鹰从天而降,动物们来不及反应,只感到面前突然出现一团阴影,一股冷风猛烈扑来,就被一双钢铁般的利爪紧紧抓住。它用尖利的嘴撕扯蛇,蛇痛苦扭动;鹰将野兔高高提起,然后狠狠摔在岩石上,野兔脑浆迸裂,气绝而亡。腥冷的血溅染鹰的羽毛。唉,有没有必要搞得这样血腥?既然一般动物都不是对手,既然都是一些平庸弱小之辈……难道,这一切正是出于对平庸的反感?大地上这样的生命太多了,碌碌无为、思想苍白,像蜥蜴那样紧贴泥土的生命,因为从来没有向天空仰望,高度根本就不存在。鹰以冷酷的方式表达了一个精神独立者的观点:任何一种生存都不是降低精神高度的理由。

应当承认,世界上总有一些生命被赋予特殊使命,他们为表达一种意义而存在。比如天鹅的存在是为了宣扬美德,熊猫在缓慢中提出慢生活与快时代之间的矛盾,豹子传达神的信息(来自博尔赫斯对豹纹的一个著名猜测)。而鹰,生来为表达一种高度而存在。即使回到地面,也会将巢穴建在高绝的悬崖峭壁,没有左邻右舍,没有市井争风,杜绝一切可能出现的世俗的喧嚣与纠缠。它站在山顶,俯瞰大地家园,森林和草原无边无际,河水在谷底轰鸣,个体生命在时间流逝中消失,可是于整个自然而言,一切既没有死亡,也没有再生,只是一种与时间同在的存在。鹰陷入沉思,仿佛一截千年古桩。没有谁能真正了解鹰，了解它的情感、生育和高处的孤寒。

可是，我突然产生内心的怀疑，鹰高高飞翔于天空，真的只是体现理想与精神？它真的强大到可以游离于生物链之外？鹰，有没有可能是在避开自己最大的敌人？是的，它不愿承认内心对人类的惶恐，而人，是无所不能的，不仅可以轻易结束任何一种生命的生命，还可以使他们的力量与智慧化为虚无。只是对鹰这种有尊严感的生命来说，死亡并不可怕，遭受污辱而无能为力才是可怕的。

在人类驯化手段里，早有一些动物放弃天性而成为社会生活的一部分。狗卧在主人脚下，乖巧服帖，即使遭到抛弃也要千里追随，一生记得主人的气味，无比忠心。忠心，就是以他人意志为中心，同时将自身想法与感受深深掩埋，直到彻底遗忘。人当然也驯鹰，当然会在这种挑战中得到必然的胜利。就是这样，在人与动物的较量中，人无疑是强大的。

先捉来一只鹰，给它戴上皮制面罩，使它什么也看不见。(不一定为了蒙蔽鹰，面对它锐利的眼睛，人会感到内心的虚弱。)接下来，就该打掉鹰的威风。方法是让鹰站在一根木棍上，来回摇晃，鹰站在上面就像醉汉一样踉跄不稳。经过昼夜不停摇晃后，鹰被弄得神魂颠倒、头晕目眩，久而久之，终于支撑不住晕倒在地。这时候千万不要同情它，泼上一盆凉水就醒了。醒来的鹰也不给它食物吃，最多喝一些盐水或茶水。

好，现在看这只鹰吧，羽毛凌乱，神情疲惫，有气无力，眼睛里已没有威严和犀利，如果还有其他内容的话，应该是烦躁，因为内心挣扎而表现出最后的沮丧和愤怒。驯鹰人在手臂的皮套子上放一块肉，让鹰过来叼着吃。这时候鹰已经饿得快发疯，不顾一切扑上去。但驯鹰人却戏弄般地与鹰渐渐拉开距离，鹰先是跑过来，然后飞过来，进进退退，就是吃不着那块到嘴的肉。此时的鹰已经没有任何追求，眼里只有食物，它在蜕变与放弃中成为人类的玩偶。鹰已从天空坠落，与为几粒稻谷失去自由的麻雀在本质上没什么区别。就是这样，饥饿使生命失去理智，坠入饥饿的深渊，曾经所有的坚守在瞬间灰飞烟灭。一只被驯化的鹰，意味着同天空彻底告别。

经过半个月折磨后，鹰妥协。可是谁知道将它放在野外会不会跑掉呢？对鹰这种骄傲的动物，人不会轻易信任。最后一个程序，或者说考验，是必要的野外驯化。在野外驯鹰时，先要把鹰尾部掌握平衡和升降的16根羽毛缝起来，使它飞不高，也飞不远，只能在有限的范围内活动。训练时不再用肉，而是把活物拴在地上，让鹰叼着吃。这种训练是让鹰知道一切都是被限制的，当它牢牢记住自己的尾部同整个身体一样都是被固定的，才能将尾部的缝线拆掉。但仍要在腿上拴一根长长的绳子，如果鹰在捕捉猎物时逃走，绳子就会吊在空中，骑马很容易追回来。看，对于强者，即使对方已经低下高贵的头，我们也还是不能给予完全的信任。

至此，鹰已不是鹰，只是陪人打猎的工具而已。与天上飞翔的鹰是两回事。

我在那拉提草原看到这只被驯服的鹰。在一个景点角落里，它站在一个简易木架上，完全不似布封所夸赞的那样“威武英俊，仪表堂堂”，鹰肮脏而落魄。任何一个游客都可以过来与它合影，如果想让照片内容生动些，牧民就让鹰站在自己的皮手套上，稍晃动一下，站立不稳的鹰就展开巨大双翅以保持平衡，抓住瞬间，“咔嚓”，一张人与鹰合作的照片就出现了。虽然鹰的精神状态不大让人满意，可这是真的鹰，留个影带回去给人炫耀还是没问题的噻……鹰成了道具，在它身后，草原苍翠无边，雪山、松林、山谷、白云……生生不息，只是与这只鹰再没有什么关系。

抬头看看天空，我突然发现，鹰仍飞翔在高处，仍像剪影一样贴在蔚蓝的天空上。人真的可以驯服鹰吗？我觉得对鹰的驯服只是一种表面，谁也无法驯服它的天性。就像现在，被驯服的只是这一只，而不是那一只。看看天空就可以知道，鹰仍然在高处，它不会像狗一样生出被驯服的后代。鹰的后代不可能是一只被驯化的鹰。鹰属于蓝天，属于风和阳光，飞翔在不可企及的高度。是的，它像星辰一样遥远、独立，散发独特的光芒。鹰是强者，永远的天空之王。

刘慧敏，汉族，自由写作者，现定居乌鲁木齐。出生于天山脚下的伊犁河谷，在伊犁河淡定的水声与白杨树婆娑的树影中长大。鲁迅文学院第十九期高研班学员。喜欢读书、漫游、写作。曾在《北京文学》《山花》《诗刊》《西部》《红豆》《伊犁河》等多种报刊、杂志发表散文、小说、童话、诗歌等五十余万字作品。

刘慧敏

指尖上的加依村

指尖上的加依村 |

生活在指尖上的人

女人像小羊一样蜷着，享受着窝藏自己的幸福。就算一动不动，也可以感觉到她。这个时候，包着自己的沙发，以越来越陈旧的花纹抚摸她，那陈旧里有她的酿造，一些酒一样的梦境和生活。她也在陈旧，像那些粗布花纹。不过，因为那些酿造，这缓慢的陈旧反而让她醉心。是我们的到来打断了她的享用。她跳下沙发，慌乱地抓起地上的裙子，胡乱的套着。然而，靠一条裙子把自己藏起来，显然有点徒劳。于是，她就逃之夭夭了。女人叫什么，我到现在也没有搞清楚，不过，我知道她是艾依提·依明的老婆。怎么办呢？人总该有个名字，她那么美丽，我们就假装她叫古丽吧，作为一朵花，我觉得她毫不逊色。

艾依提·依明是新和县依其艾日克乡加依村的民族乐器手工制作师，现在已经是远近闻名的“乐器王”了。能被人以“王”敬称，其内涵和外延的搁架多少有点阔气。据说，他做的乐器根本不用自己去卖。那些慕名而来的人，像蜜蜂一样会找到花道，敲开绿荫深处的家门。艾依提·依明对待造访者像王一样从容，好像每一个人都是他多年的邻居，不像年轻的古丽慌乱而害羞。

“乐器王”看来不是一个高产的制琴者，他带着三个徒弟，一个月最多也就做四把琴。再做多了，琴就糙了。一个好的乐器制作师视琴的音质为自己的荣誉。“乐器王”的尊贵首先是内心的尊贵。院子里到处堆着木头和琴的各个部件，它们挤在一处，沉默不语，就好像它们是一堆一堆的土豆。只有艾依提·依明能够听懂它们最初的声音。

人太多了，来不及烧茶。不过，艾依提·依明给了我们更好的享用：音乐。在那个还留着女人体温的沙发里，艾依提·依明坐下来。沙发上陈旧的粗布花纹立即蜷曲起来，一些不为人知的秘密悄然隐退。沙发背后的窗口摆着几盆花，碧绿的叶子从微寒的窗外扯进一抹阳光。斜斜的投射到艾依提·依明藏着白发的头顶上。舞台的搭建居然这么简单。忽然，艾依提·依明站了起来，仰起头，伸手从屋顶上拿下一把萨塔尔。我们这才注意到，圆木的屋顶上挂了不少刚漆好的乐器，有萨塔尔、都塔尔、弹拨尔等。艾依提·依明告诉我们，在这个被称作“乐器村”的地方，所有的乐器制作师都会弹奏乐器，只是每个人偏爱的曲类不同而已。琴做出来，乐器制作师总是第一个弹奏者；琴做的好不好，乐器制作师的指尖轻轻一拨就知道了。琴都是手工制作的，和人一样，没有完全相同的两个。说着，艾依提·依明拉起了十二木卡姆里的“赛乃姆”，不知为什么，一股苍凉忧伤的情感攫住了我，我仿佛变成了一个赤足的维吾尔族女子，逆着一条奔涌的大河跑去，又仿佛站在高高的穹顶，茫然四顾，不知该往哪里去？在这个语言不通的村庄里，我第一次感到自己是他们中的一个，正在慢慢融化……

琴 挑 一

艾依提·依明给我们讲了一个传说。那是发生在很久很久以前，具体到什么时候已无从考证。据说，国王的地牢里有一天来了两个新犯人，一个叫玉素甫，一个叫艾合买提。阴冷而昏暗的地牢让他们沮丧不已。也许是为了驱散恐惧，玉素甫吹起了口哨。一曲终了，艾合买提说：“如果能有一把琴就好了。”原来，玉素甫和艾合买提都是琴师。这时，地牢一角蜷着的一个男人坐起来，嗡嗡地说：“我给你们做一把琴吧。”我相信这就是命运，一个乐器制作师和两个琴师在国王的地牢里相遇了。天知道他们从哪里搞到了材料？总之，乐器制作师在地牢里为两位乐师制作了一把造型独特、音质纯净的乐器。三个人开始在地牢里弹琴唱歌，切磋琴艺。美妙的琴声穿过地牢窄小的窗口，传到年轻的公主耳中。琴声挑动了公主多愁善感的心，她被深深打动了。每天，当琴声想起，她总是倚在窗前屏息静听，一任轻纱翻飞缠住自己的长发。不久，公主就要成亲了。于是，公主向国王请求让地牢里的琴师每天为她演奏，为婚礼上的音乐做准备。两位被赦免的琴师来到公主的面前，公主被他们带来的琴吸引了。她从来没有见过这样奇怪的一把琴。长长的琴柄，仿佛一根通往上界的手指，水瓢一样的琴箱，埋藏着心灵深处无边无际的幻想。而从那指尖弦边流出的乐曲，轻易就把人的心揉碎。两位琴师告诉她，琴是地牢里一位叫布尔·弹拨尔的乐器制造师制作的。他不仅会做琴，还会弹许多美妙的乐曲，比他们弹得都好。公主很好奇，叫人带来了布尔·弹拨尔。英俊的年轻人为公主弹奏了一曲又一曲，公主再也舍不得叫他离去。40天后，公主没有嫁给她的未婚夫，却嫁给了布尔·弹拨尔。他们和国王一起在皇宫里快快乐乐地过了一辈子。而那把联系了他们美满婚姻的乐器就这样被命名为“弹拨尔”。

琴师的陷落

路像刀子一样把加依村切成了两半。一边住着铁匠,一边住着琴师。这无疑是我的个人印象,也许因为我是个方向感极差的女人。在村子里待了两天,走访的琴师好像都住在路的右边,这是一件奇怪的事。我把琴的手工艺制作者称作琴师,是因为他们就是我心目中的琴师。我曾经听到过各种传闻,在天山以南的绿洲里有一个小小的村庄,里面住着许许多多的琴师,下雨的时候,所有的雨丝像五线谱一样从村子里向天上升去,不一会儿彩虹就会横跨在村子的上空。这时候,琴师们放下琴,推开木雕的大门,走到院子里来。玫瑰含露,草尖噙雨,地上却干干净净的。琴师们仰起脖子凝望着那道彩虹,忽然,彩虹扭动起来,琴弦一样发出美妙的声音。乐师的心承接着来自天上的音乐,战栗不已。这时,村子里的树叶一片一片立起来,叶尖朝天,叶脉朝上,天籁化丝,沿着叶脉融入树的年轮。

琴师们制作琴时,尤其钟爱这些沐浴过天籁的木材。它们大多是桑木和梨木,遍布在村子远远近近的河谷地带。它们的生命饱蕴天籁之音,现在,它们等待,边等待边沉睡。沉沉的睡眠将树的生命和天籁酿造得无比甘醇。树的梦在酒中回旋,深深的漩涡等待着一位琴师的陷落。是的,陷落,每一把琴的制作都是一种陷落。艾依提·依明的手抚摸着一把琴。

这是一把弹拨尔，花费了他一个月的时间。据说，好的琴是靠感觉、手艺和耐心一点点打磨出来的。艾依提·依明不愿意马马虎虎的对待那么好的桑木，他知道，加依村成了远近闻名的“乐器村”，他的照片先他一步走向远方，走进报纸、杂志，其实，是桑树馥郁的身影走到了远方，走进了人心。他珍爱每一根木头，他知道，别处的木头做不出这么音质优美纯净的乐器。他的手抚摸过一根木头，就能够感觉到树的音质。天和地的精灵在树的年轮里舞蹈，他的手树叶一样张开，手指叶脉一样直通内心，指尖像一只只打开的雏鸟的口唇，吮吸着那来自树心深处的天乐。

艾依提·依明向真主祈祷，让他像树一样沐浴天籁的光辉，用琴解读生命的秘密。日复一日，命运改变迷雾般的外貌，以琴的拼图构架起生存和精神的家园。在他的生活里，琴成为中心，有人来到，有人离去，有人惊叹，有人哭泣，一切和琴都有了千丝万缕的关系。现在，我已经知道他的妻子不是像我猜想的那样叫古丽，原来她叫孜亚旦木，比艾依提·依明小 19 岁，是艾依提·依明最得力的助手和最知心的伴侣。这是一位外柔内刚的女子，和丈夫一样恪守着自己的制琴理念。当很多年轻的制琴者开始采用电脑贴纸来装饰琴体时，他们依然坚持用骨头等细小的装饰物来装饰琴。打一个比方，一把弹拨尔上有近一万两千个细小的装饰物，孜亚旦木一点都不会觉得厌烦和琐碎。在细碎的树影和温暖的火炉前，她会一个一个把它们粘贴到琴体上，仿佛她在制作一个万花筒，在变一场魔术，在唱一首摇篮曲。宁静的面容常常吸引住艾依提·依明的目光，让他想起一些往事。

琴 挑 二

艾依提·依明总是听到“沙沙沙”的声音，没完没了的回荡在他的身体里。好像身体变成了一片桑叶，正被一只叫沮丧一只叫痛苦的小白蚕吞噬着。有时候，他对着一截木头发疯一般的用手锄凿上一气，有时候，撂下做了一半的琴离开村子远远的瞎逛荡。好像这样做，那声音会离他远一些。这一生，唯有琴不能割舍，它们是他生命的展开和延伸，它们替他说出了他想说而无法说出的话。60把好琴才能出一把能发出销魂之音的琴。作为一位优秀的制琴师，他深谙这种规律。就像修炼千年才可能遇到一位红颜知己。艾依提·依明很想打破这个规律。那时候，他还没有出名。做好了琴，还要到处奔波去卖琴。对琴毫无兴趣的妻子不喜欢他做琴，对他常常出门在外很不高兴，矛盾愈演愈烈，终于彻底离开了他。他不知道怎样才能消弭那来自身体深处的“沙沙”声。

一天黄昏，他的一位朋友打来电话。“艾依提，我想请你帮个忙。”

“啥事？说吧。”艾依提回答。

“我搞了个鱼塘，一时找不到帮我看鱼塘的人。你能不能帮我看一段时间啊？”

“我得做琴。你知道，我不能不做琴。除非，你给我的琴安置个好地方。”

“可以，鱼塘边有座房子，你可以在那里一边做琴，一边帮我看鱼塘。可以吗？”

“好的。”艾依提这次没有再说什么。

鱼塘的附近住着一户人家，男主人比他大不了几岁。没有几天就被艾依提·依明的琴声吸引来了。喝酒、聊天、唱歌、弹琴，不久他成了艾依提·依明的常客。美丽的鱼塘，动人的歌声，醇香的美酒，好像就缺美丽的女人了。有一天，邻居大哥带来了自己漂亮的女儿，她叫孜亚旦木。孜亚旦木长着一双黑色的眼睛，细细的腰身。每当艾依提的手指扫过琴弦，她那黑色的眼睛就像星星一样开始闪光，动人的腰身随着乐曲款款摆动，就像一朵风中的扶桑花，摇曳生姿。孜亚旦木的父亲没有想到女儿的舞蹈跳得这么轻盈，仿佛是踩在男人的心尖上舞蹈，仿佛露珠在叶尖上悬颤，他更没想到女儿爱上了比自己大19岁的朋友。简直气死他了。

“不行。”他说。

可是，他没能阻止得了。他的女儿在月光下咬着艾依提·依明的指尖说:“我也要做你的琴。做你最好的琴。”

艾依提·依明掉进了孜亚旦木漩涡一样深邃的目光……

卫士的星宿

肉孜·巴吾敦走出屋子,看了看天空。冻疮一样的太阳终于有了一些热量,天好像变成了亮灰色。远远近近的树好像长在人的梦中,罩着一团团绿色的雾气。肉孜·巴吾敦知道春天已经悄悄地来到了。要不了多久,翠绿的嫩叶就会“轰”的一声从那团雾气里爆出来,就像他的琴,一把一把静默在角落里,可只要遇到一根手指,就会掉出数不尽的音符,那些音符就像一只只会飞的鸟儿,啄破人们最柔软的地方。

“安息吧”,肉孜·巴吾敦不知为什么咕哝了一句。他的腿不大好,父亲曾经为此在真主面前不断的祷告过,害怕儿子在未来里与困顿为伍。不过,作为一个制琴世家,他又隐隐从琴声中听到儿子的未来。“我们曾试探天,发现天上布满坚强的卫士和灿烂的星宿”,父亲说“肉孜·巴吾敦,不能种地就学门手艺吧。这可是你爷爷留下来的手艺啊。”肉孜·巴吾敦从此开始向着那灿烂的星宿之地进发。他是那么专注,以至于他的双手替代了身体的其他部位,成为他最可靠的未来。

十六岁他已经出师了,成为加依村靠制琴为生的最年轻的琴师。学习制琴,对很多年轻人来说可能是艰难而辛苦的,不是每个人都拥有这样的天赋和毅力。在加依村这个以制琴为基础产业的原始村落,也有不少学习制琴的年轻人半途而废。他自己的徒弟里就有天赋不够而放弃的。不过,对肉孜·巴吾敦来说,似乎血液里天生就流淌着对琴的悟性。他理解那些木头,了解它们的心思。也许,前生我也是一棵桑树,或者,是某个琴师手中的一把琴。肉孜·巴吾敦在卖琴的时候想。肉孜·巴吾敦和别的制琴师似乎有点不一样,他的自我意识似乎是天生的。当村里别的琴师还没有品牌意识的时候,他已经开始在自己制作的琴上贴上自己设计的logo,标明电话和姓名。有一年,他带着做好的50把都塔尔去克拉玛依,在餐厅里边唱边卖琴,不但一下子卖光了所有的都塔尔,还额外赚取了2000多元的小费。最让他意想不到的是,从此,订单不断。

也许,这就是他无数次仰望的星辰指引给他的方向。岁月像树叶一样一年年的飘落,又一年年的长出来。永远也不会有尽头。音乐也没有穷尽,我能够做的,就是用琴记录下岁月的光华和黯淡。肉孜·巴吾敦在村东头的胡杨林转悠时想。希望我制作的每一把琴都把加依村的颜色和味道带到远方。这里是多么美丽啊。听着树叶在微风中发出轻轻的低语,肉孜·巴吾敦想。远处传来哗哗的水流声,远远近近的院子散发出永恒的草香……肉孜·巴吾敦知道,正是这个美丽宁静的村庄给了他所有的灵感和力量。不知为什么，他感到心中有一股压抑不住的激情，想要唱出来。他试着弹拨出流淌在内心的乐曲：

我的爱人古丽莎丁，
我是那么的喜欢她。
为什么你不多看我一眼，
我要迷恋你到什么时候？
好姑娘你才愿意嫁给我？

从此，肉孜·巴吾敦不但制琴，也开始写曲做词。而爱情，是绕不开他那充满魔幻的手指的。

琴 挑 三

私奔这件事似乎一直藏在一些古老的爱情故事里。肉孜·巴吾敦没有想到自己也会成为这类故事的主角。父亲很早就去世了，母亲独自艰辛地带着他们兄弟俩生活。后来，母亲爱上了村里的一个男人，他也爱她。兄弟俩不愿意母亲为了他们寂寞地生活。他们鼓励母亲开始新的生活。而让他没有想到的是，随着母亲幸福生活的开始，他的爱情也像一颗小小的种子，破土而生。

那是个像兔子一样美丽羞怯的小女孩，继父和前妻的女儿。每次去看望母亲时，他的心都会有一种朦朦胧胧的期盼。他最喜欢继父说，“乐冉木·巴克陪你哥哥们去玩儿一会吧。”这时候，他们就会如释重负地跑到村子里的河边去。在那里，他们像所有青梅竹马的孩子一样拥有了最快乐最纯净的记忆。河边的小树一点点长大了，肉孜·巴吾敦和乐冉木也在树影和水声中长大了。有一天，乐冉木像往常那样要肉孜·巴吾敦弹唱一曲。肉孜·巴吾敦于是轻拨琴弦：

我的情人啊热娜，
你就住在我的琴弦里。
有什么苦闷请你对我倾诉，
我会静静地倾听你的心声。
有你的地方我就在天堂，
没有你的日子是多么无聊……

乐冉木听着听着不知不觉把头搁在了肉孜·巴吾敦的肩头，肉孜·巴吾敦却一转头吻住了乐冉木露珠般湿润的嘴唇。沉浸在甜蜜里的恋人无比幸福，忍不住把他们的爱情告诉了父母，以为可以得到老人的祝福。谁知，父母听了勃然大怒，“这怎么可以？你们是兄妹，别人会怎么看？”无论，两人怎么哀求，父母都不同意。可是，爱情早已像村口的大树，深深扎根在两小无猜的恋人心中，板斧的利刃根本吓不倒心中的大树。两人干脆私奔了。

如今，肉孜·巴吾敦和乐冉木拥有一个可爱的女儿，一家人生活的其乐融融。而在天国的父母早就原谅并祝福了他们。

铁匠和他的邻居

很久不曾有过这样的夜晚了，整个村庄安静得像一床棉被。凝固的夜风还能不能叫风，我不知道，反正鸡毛落下来，轻轻浮动在院中的干草堆上，竟没有一点声息。加依村的琴师们难道集体吃了安眠药吗？只有我一个人还没有睡。不知为什么，越安静越睡不着。在这个村子里住了一辈子，也听了一辈子的琴声。没有声音的时候，那些听过的琴声仿佛一下子全醒了，在身体里左冲右突，像春天泥地里的种子，埋都埋不住。不知道老人们是怎样度过这样的夜晚的？会不会也听到身体里的琴声？还有这些树，这里的渠水，隐藏在泥缝里的昆虫，月光下的家畜，它们今夜都怎么了？是不是万物在倾听里面的声音时，表面都如此安静？就像平静的大地下岩浆在深处翻滚？

一个铁匠生活在加依村也许是一种错误。我的父亲也是个铁匠,打铁的时候触电死了。死的时候,一点声音也没有。如果不是琴师们弹起忧伤的哀乐,他的死根本没有一点响声。这让我想起来很觉委屈。照理说,铁匠一辈子敲敲打打,整个村子里最让人萦绕记忆的就是铁匠铺子的声音了。可是,我家祖祖辈辈在加依村都没有搞出一点响声。我们举起的铁榔头抵不过一根柔弱的手指弹出的声音。村子里的老人们听见铁击铁的声音,好像什么也没听到。可是,当琴师们弹起木头做的都塔尔、热瓦甫等乐器时,他们就会忘了自己佝偻的后背、雪白的胡须,忘情地跳起麦西莱甫,好像岁月从来没有欺负过他们一样。最让人羡慕的是,琴师们总有收不完的徒弟,甚至可以挑挑拣拣。这个村子已经有350多年的历史了,现在全村215户人家,倒有105户人家都从事乐器制作,而且越来越多的后生开始学习乐器制作。乐器不仅使他们面目安详,目光清澈,还使他们发家致富。就算不做乐器的那些人家,也有不少在闲暇时光弹弹唱唱,好像生在"乐器村"就活在音乐中。音乐就是他们的魂,就是他们的血肉和骨骼。而我这个铁匠,却成了一个无声的人,连一个徒弟都找不到。就这样,我成了村里最后一个铁匠。

不过,我并不讨厌那些美妙的音乐。相反,我还很着迷。多少个那样的时候,我在火炉前敲敲打打,忽然就撂下手中的榔头,屏息静听起来。我甚至能听出是米吉提·热西提在弹琴,还是努尔东·司马义在弹琴?是不是谁又做好了一把怎样的琴?我还隔着远远的乐声和他们一起猜想,这把琴会被怎样一个人买走?在那遥远的地方,这把琴如何通过自己的音乐回到故乡的阳光中?就像这个安静的夜晚,我的身体自然而然变成了一个音乐盒,歌唱着那些早已逝去的时光。我想,我早已不是一个真正意义上的铁匠,而是一个被音乐喂养着的自然人,和村子里的一棵树、一渠水、一片草滩没什么不同。多少年后,当我离开这个世界的时候,我会和我的身体一样一遍一遍在乐声中抚摸那些逝去的时光,仿佛打铁的人生火光一样淬亮在加依村。

来自传说,走向传说

我们就是传说中的那四个人,黄土掩埋了我们的身体,也掩埋了我们的姓名。不过,这个村庄里的旧户人家,都是我们的后代。显然他们已经忘了我们,或者不相信我们是他们世世代代的祖先。没有人在春天来到的时候,在我们的坟前抛洒花朵,没有人在孤独无助的时候,在我们面前絮叨内心的想法,呼唤我们,祈求帮助。他们总是说,这是爷爷的爷爷从爷爷那里听来的故事,到底他们中有几个人认真对待过这个故事,哪怕相信过那么一回?我们不得而知。有时候,我们听他们弹琴唱歌,抚摸那些可能做出好琴的木头,我们恍惚觉得,只有把加依村变成“乐器村”的他们,懂得这个故事无边无际的内涵。可有时候,春泥从我们的坟头滑落,却只有小鸟和雨水在我们的四周歌唱时,我们又感到无比的寂寞和惆怅。这时候,我们会怀念那些离我们近一些的子孙。他们说,那是他们的爷爷的爷爷的爷爷。

那时候,这里还是一片荒凉之地。不过,真主已经明确告诉我们,这里是树的故乡,我们将在树荫的庇护下建立美好的家园。我们也曾经无比迷茫,在月光被乌云遮蔽的夜晚,爬上高高的树梢,期待在离真主更近的地方,窃听到神秘的指引。我们的子孙都是些淳朴善良的人,他们相信这片土地,就像相信挖开的每一条渠道能引来水一样。感谢真主,他们没有失望,他们相信自己的力气和未来,就像相信血液一样。他们甚至听到了树木的歌唱,他们学会了做琴。是我们恍惚不见,他们已经把传说引到未来,子孙的未来。

经书上说,“过去,我们为窃听而常常坐在天上可坐的地方。现在谁去窃听,谁就发现一颗灿烂的星宿在等着他。”我们的子孙就这样勇敢的续写着我们的传说。也许,我们根本没必要让他们追溯和考证什么?他们过日子、做琴、弹琴唱歌。有时候,也会搁下琴,给陌生的外乡人讲一个这样的传说。

很久很久以前,有四个好朋友一起向老天爷祈祷,祈求老天爷指引无家可归者的安息之所。老天爷说,不要被你们眼前的荒漠所迷惑，在你们所走过的地方，如果手杖发芽，那里就是你们的安息地。老天爷的话鼓舞了迷茫中的人。于是，他们越过了大片大片的荒滩戈壁。一天，四个人来到一个地方，感到非常疲惫，就把手杖插在地上睡着了。等到醒来的时候，看到插在土里的手杖两棵长成了高高的杨树，枝梢直指天际；两棵长成了婆娑的柳树，每一根树梢都亲吻着土地。第一个醒来的人禁不住大叫道：就是这个地方，这里就叫加依。

泉　水　街

赛米娜妈妈的早晨

我再也无法忍受了，这些心安理得污染着泉水的人。我不知道他们是从哪里来的？他们在泉水边洗车、洗衣服、洗拖把，洗他们的一切脏东西。他们在哪里弄脏了他们的一切就应该在哪里弄干净。可是，他们偏偏要跑到泉水街来洗，而且就在泉眼旁洗，他们难道不知道泉水的眼睛直通神的心灵。他们弄浊了神的眼睛，神还会庇佑我们的家园，我们的命运吗？

我是个不轻易恼怒的人，自打我七岁随着养父母搬到泉水街来居住，我就再也不想离开了。孩子们都是在泉水边长大的。汉族、回族、俄罗斯族、塔塔尔族、哈萨克族、维吾尔族，小巴郎们在泉水边玩累了、渴了，一躬腰像小牛一样灌上一气,又快快乐乐、精精神神玩耍起来。因为泉水的呵护、泉水街的妈妈们省了多少心。喝着泉水长大的孩子又是多么健康、漂亮。

每天早晨当太阳用明亮的细线把树木切割成明暗两部分时,我会去泉水边挑水。我喜欢早晨的泉水街,清爽愉悦、明净可人。初升的阳光把鸟雀们的声音洗得干干净净,老屋、草地、小虫子和徐徐伸着懒腰的土路把耳朵探出宿梦倾听着……一切都新鲜适意,充满韵律。我也是。起初我只感到快乐,并不真懂韵律。十八岁的时候,我开始从米吉提的眼神里意识到自身的韵律。

那些个早晨,我肩上担着晃悠悠的扁担像流淌的艾德莱斯绸穿过清丽的阳光去泉水边挑水。途中会路过米吉提家的院子。黑眉毛的米吉提总是站在院门口,好像所有的新鲜空气都聚在我必经的路旁。有时他会打招呼,有时则笑笑。曾几何时,我开始感到自己不是走在熟悉的土路上,而是漂流于一条旋律优美的五线谱上。米吉提亮晶晶的眼睛老直勾勾地落在我晃悠悠摆过的腰肢上,当我担着沁凉的泉水回来时,我感到他亮晶晶的眼光使劲帮我抬起肩上的扁担。我假装目不斜视,羞赧地洞悉着一切,隐藏着秘密的快乐和期待。

我对自己有了好奇,开始喜欢用泉水洗浴。我把泉水烧得热热的,直到泉水呼噜噜地达到沸点。我把烧沸的泉水里兑进清凉的泉水，看见凉水像潜龙一样在沸水里激起跳舞的气泡，好像我心中的某种情绪被击中被牵引了。我用瓦罐装上泉水兜头冲下来，立刻一股美妙的热力携着温暖的美感从渺渺发丝上冲下来，冲过乳房、腰肢、大腿、小腿、越过脚面，飞走了……我惊讶地注视着那些凝在乳房上的小水珠。它们如此光洁，如此明亮，像一只只好奇的眼睛，像一枚枚清新的果实，像梦中柔媚的小齿，像欲语还休的串串省略号。我一次次用更大的水流冲走它们，让皮肤上的每一个毛孔像小嘴一样在泉水中张开，吮吸，我一边冲抚着肌肤，一边胡思乱想。想着童年的事，想着亲生父母、养父母的事，想着米吉提的眼神，想着可能会发生的事，想着泉水之神的魔力。是的，泉水的魔力，我是一直相信的。我常常在心里默默向它祈祷。直到有一天，米吉提真的抢走了我的扁担，一路把泉水挑进了养父母的院子。后来，又挑进了他自己的院子。还有我。以后还挑起了我和我们四个孩子的生活担子。靠泉水之神的庇护，我们生活得很幸福。直到他离开我们。

我一直觉得米吉提没有离开我和孩子们，他就在泉水街，就在院子里的枫树里住着。我相信他依然守护着我们，就像我相信泉水的魔力。

当泉水街的土路变成柏油路，一些老屋变成楼房，一些老居民离开后，泉水街似乎变热闹了。车多了，人多了，陌生感多了。虽然泉水瘦了,但家家的自来水都肥肥的用不完。自来水我喝不惯，我总觉得很多人的胆囊是让自来水带走的。烧自来水的壶要不了多久就会结一层厚厚的水垢,泉水就不会。但后来搬来的一些不自觉的人,把泉水当成去污粉,什么都洗。我就恼了。我似乎看见米吉提忧伤的眼睛漂浮在洗衣粉的泡泡里,漂浮在灰灰流去的泉水里。我一次次让他们到离泉眼远一点的渠里去洗。有人说我是个热心人,有人说我是个多管闲事的人。我不在意别人的话,只在乎泉水的纯净。路边玩耍的孩子仍然随时把小嘴凑近泉眼呢。有一天,我把一个女人堆满洗干净的衣服的洗衣盆端起来掼掉了,花花绿绿的衣服撒了一地。我以为她会冲上来打我,我已经做好准备了。因为我跟她好言好语说过好几次了,早就想这么干了。但她只是嘟嘟囔囔捡起衣服走了。

依明爷爷的正午

我叫依明·阔西卡尔。依明是我的名字,阔西卡尔是我的绰号,公羊的意思。你可别笑,绰号在我们这里可不是人人都能得到的,只有那些有特点有影响力的人才能获得。公羊就是领头羊。

朋友邻里都很信任我,有事都喜欢找我讨个主意,谋个办法。我们这里举办各类麦西莱甫,我总是领头的。如今我虽然死去许许多多个年头了,我听见大家提起我时,话语里仍然回荡着萨塔尔怀念的琴声。我的许多老相识都到那下临诸河的乐园里去了,可我还舍不得离开儿孙们。不是儿孙们不让我走,是我自己不想走。米吉提和迪拉尔也不愿走。米吉提是我的大儿子,如今住在后院的枫树里,我住在前院的枫树里。迪拉尔住在街头泉水边的榆树里。他不肯住在院子里。泉水边本来有两棵古榆,前几年泉边盖楼另一棵不知吵死了还是干死了,总之走了。我和米吉提、迪拉尔惋惜不已。我还有个女儿叫吉丽娅,1962年去了哈萨克斯坦国。她在那边过得不很顺意,常常羡慕外甥和外甥女们的生活,说我在天上保佑老宅子里的人呢,一直嘟囔当初不该走。不过世界上没有卖后悔药的。泉水街只属于不离不弃的人。

我第一次来到泉水街,是一个酷热的正午。我在骄阳下走得口干舌燥,身体被烤得就像一截干硬的枯木,只需拿一块尖锐的木头往我身上一钻,就能着起火来。有好心人朝右前方一指:那里有泉水。我三步并两步跨进了泉水街,立即被长长的树阴覆盖住,万千清凉幽静的感觉流畅地从我的发鳞钻进发囊掠过我的七经八脉,浮躁褪去,缱绻顿生。放眼望去,两棵百年榆杨立于泉眼之畔,犹如泉水之神的使者。从泉眼里涌出的涓涓清流分成两股,顺着土路的两边流成渠道,渠道边碧草依依,土块垒就的民居温暖亲切。饮一口渠里的泉水，立即清气上扬，浊气下沉，只觉得全身通透清亮，轻盈舒适。一位老人告诉我：这里曾是一片荒漠，白眉毛神仙路过时，觉得渴了，用仙杖在地上一杵，泉水就汩汩直冒。白眉毛神仙饮完泉水，飘然而去。从此，泉水就像传说一样流淌在塔城这个地方了。

我想：有传说的地方应该是神庇护的地方。生活在泉水边一定会沾上灵气的。而且，泉水街就像一只弯曲的胳膊。我想：住在神的臂弯里无论多么渺小都是幸福安然的。我在泉水街的臂弯处安了家，还在院子里栽下了两棵枫树。前院一棵，后院一棵。孩子们就是在树下长大的。不过，那时院子里不像现在这样绿树葱郁。我当时是个皮革技术员，在我的三个孩子里，米吉提是唯一能将我的血脉从这里带到未来的人。

老大吉丽娅要走的时候，我没有劝她。她在这里爱上了别人的男人。这怎么好呢？我一看她眼睛里颜色的深浅，就知道她沉溺的有多深。我为她感到害怕和焦虑，她却浑然不觉。我想，瑞士军刀也割不断她的爱情和渴望。她是个爱做梦的女子。这样的女子这样的爱情，除了陷入无边的荒凉，除了收获到荒凉中的一大堆疤痕，还能收获到什么呢？我知道她迟早要走的。她开始的笑声里已涨满了告别的泪水。她离开了童年时代的院子，少女时代的院子，做过梦的院子，笑声回荡的院子，是以一种怎样的心情？我为远嫁的吉丽娅唱起了木卡姆：

……

篝火是我的宝座

窝棚是我的宫殿

世界在我的眼中一如废墟

我的左脸已被情火烧伤

右脸仍在唱情歌

……

吉丽娅听完我的歌说：“阿爸，对于爱情我只有三句话。一是爱上一个人是我个人的事。二是如果变成两个人的事，是我的幸运。三是归根结底，它还是我一个人的事。”

我想，我的小吉丽娅已经长大了。我松手吧。我亲吻了她的额头。

吉丽娅远嫁后，米吉提就当了家。米吉提是外贸局的翻译，从小就是个聪明的孩子。读完维吾尔语学校的小学，又进入汉语学校从二年级重读起，是个很有语言天赋的孩子。22岁时，他娶了泉水后街易普拉欣的养女赛米娜。赛米娜是个漂亮内秀的好孩子。她的亲生母亲生了18个孩子，养不了，把她送给了自己的弟弟抚养。赛米娜为我生了两个孙子、两个孙女。她很勤劳,米吉提上班的时候,她总是一刻不闲的照顾孩子和我,还有病中的迪拉尔。她在院子里栽了许多品种的树和花。如今,院里几十棵的馥郁大树就像这个家一样朝气蓬勃。那些五颜六色的花儿好像从没凋谢过,开过春夏秋冬,开过岁岁年年,一路开向暖暖的希望。米吉提在芬芳的花朵中沉重地维持着这个家,一家人的生计全靠他微薄的工资和熬夜熬出的一点点翻译费。四个孩子都在读书,迪拉尔的病也拖累着他。

后来,米吉提死于脑萎缩。

他来见我的时候,我老泪纵横。

他说:"阿爸,你为什么伤心?"

我说:"孩子,你太辛苦了。"

"阿爸,我不觉得辛苦。我很幸福。我真想为他们做得更多。"米吉提微笑着坐在枫树杈上。

我仔细打量着他含在皱纹里的笑意,发现竟是心之泉眼里涌出来的。

也许,幸福没有尺度。"我只祈祷我的主,我不以任何物配他。"这是一种信仰,是心灵自己的感知。我们哪能直译他人的生活。我想起米吉提对女儿阿依努尔说过的话。

他说:"你要懂得它到底要表达什么?不能把维吾尔语直译成汉语。否则'自己的日子自己过',就变成了'自己的太阳自己看’,很莫名其妙吧?”

我想,生活也不能直译,特别是别人的生活。包括迪拉尔的生活。

迪拉尔是我的小儿子。他拥有希腊式的高鼻子,英挺的眉骨和灵巧的长手指。作为一名子承父业的皮革技师,他应该有更好的未来。可是,文化大革命开始了。一天,他脆弱的灵魂陪着他去办公室,他取出钥匙却看到他平时熟悉的同事无声的挂在门框上,眼球吊在眼眶下,舌头长长的伸进肚脐里,从背后窗口射进的阳光像一支寒冷的冰凌刺过他的身体,他甚至没有影子!迪拉尔大叫一声,魂飞魄散。他的魂一口气跑到泉边的古榆里,再也不肯回去。有时候他想自己了,跑回自己的身体,他大脑里的影像瞬间复活过来,他的身体立即激动得大喊大叫,暴力像激情一样不可控制。他再不愿意回到他的身体里,可是有时又不由自主的回去。他就这样来来回回穿梭在榆树和身体之间,穿梭在令他疯狂的自相矛盾中。米吉提是个好哥哥,他没有忘记我的嘱咐,一直照顾着他,他一直希望弟弟迪拉尔好起来,他攒点钱就不断的带他去上海、南京、乌鲁木齐治病,花去了大量的时间精力而毫无怨言。如果他流下了眼泪,他不是为他自己,是为他疼爱的弟弟流下的。干干净净的迪拉尔60岁的时候不在了。街坊们说他死去了,迪拉尔却对我说:“我终于活过来了。”

阿依努尔法官的黄昏

那天黄昏，沙尘暴席卷了泉水街。仿佛人们在泉水街丢下的一切脏东西都被吸到风中以一种狂暴的方式展示给我们了。沙尘暴中，我和买买提、乌尼终于把黑板固定在墙上，流着泪敲进了最后一枚钉子。随着最后一锤的音落，沙尘暴骤然停止了，仿佛一场幕落。黑板上的字微微闪着光，显得端庄、肃穆，不容置疑。

一星期前，邻居买买提来找我。他说："阿依努尔，你是法官。你能不能把宪法里有关保护水源的条例找出来？我做了一个大黑板，你能不能把那些条例抄在黑板上，我想把黑板钉在泉水边。"我立即答应了。下班后我开始用毛笔蘸上颜料在黑板上抄写。有些居民闻讯拢来，说能不能大家议议，搞个居民公约？就这样，泉水街居民公约三天后也被抄在了黑板上。我们还给市长写了一封公开信，谈了泉水街因为盖楼和外来人口等诸多原因对泉水的破坏，泉水急需保护和修缮等。没想到市长很快回了信，还安排有关部门对泉水进行了有效保护。

我阿爸曾经对我说过"只有相信奇迹，奇迹才可能发生"。我想：他是对的。就像多年前的那个黄昏，我坐在前院枫树下的榻榻米上，突然被一阵困倦袭倒，歪在红地毯上睡着了。梦中,我看见一只美艳的红狐从我的腹部跑出去,一路向街头的泉眼去了。为了追赶这只红狐,我来到了泉水旁,看见了青梅竹马的阿不都。

英俊的阿不都对我说:“奇怪,刚才一只红狐撞进了我怀里。”

“不会吧?”我装作无辜的眼睛清澈的望着他,两只耳朵恨不能变成两片葵花叶,翻卷过来遮住我发热的面颊。

当我睁开眼睛,看见头顶的枫叶,真不敢相信这是一个梦。梦中的一切如此清晰,仿佛刚刚发生过,我还能感到自己心里的紧张和掩饰,这怎么可能是梦呢?

我拎起壶向泉边慢慢走去,夕阳从云海深处探出眼睛,把整条泉水街的事物都印成了金色,像在梦中。

“你在想什么?”一个声音在耳边低低响起,呼出的哈气嘬住了我的耳朵。

我抬起眼睛看见了阿不都。

他说:“奇怪,今天午睡时我梦见一只红狐狸撞进了怀里。”

“哐当”,我打水的铜壶掉进了渠里。

“不会吧。”我听见自己的声音飘荡在空中恍恍惚惚。不会的,同样的梦怎么会做两遍呢?就算做了两遍,又怎么会和另一个人的梦一样呢?

"你怎么了?"阿不都替我捡起壶,又蹲在泉边替我接泉水。

"我觉得那只红狐是从你那里跑来的。"

不不不,这一定还是梦。我咬咬唇,痛。

"阿依努尔,你嫁给我吧。"

我想说,不,我们还没恋爱呢。这时,我看见叔叔迪拉尔坐在泉边的榆树杈上,八字胡翘到了耳郭上,眼睛像两个句号。"好。"我听见自己的声音飘荡在发丝旁。叔叔隐去了。

我一定在梦中。

"太好了!你答应了。"阿不都抱起我打起转来,壶又跌进了泉水里。

亦梦亦真,亦真亦幻。冥冥中安拉已安排好一切。

"你们在乐什么呀?"有人问。

我看见邻居秀屿微笑地望着我们。

"我们要结婚啦。"阿不都说。

"我们打小就知道。"秀屿呵呵笑道,"走,到我家喝茶去。"

我们来到秀屿家,她家就在我家前面,是一户汉族人家。

秀屿端来茶,我接过茶碗说:"这碗我认识,是我家的。"

"可你的碗我还给你了呀。"

"上次马蓝来我家喝茶,说你还的那只碗是她家的。"

阿不都说:"我家也有几只碗不知谁还错了。"

我们总是这样,借来别人的东西,流失了自己的东西。在别处找到了自己的东西，却发现自己已占有了太多别人的东西，再也无法理直气壮地要回自己的东西。也许，当我们不知不觉侵占别人的东西，陶醉于他物时，我们自己最珍贵的东西却在浑然不觉中悄悄走掉，悄悄变成了别人的一部分，永不回来。

我们呵呵笑起来。在泉水街，这似乎很正常。泉水街住着八九个民族。有的一家就有好几个民族。比如我姐夫就是塔塔尔族、弟妹是回族。我有个朋友，家里是由七个民族组成的，不同的民族，不同的信仰，却能处得有趣，也算是泉水街的特色。

我们从孩童时代起，就把嘴扎在邻居家的锅里，把手伸在别人家的杏树上，邻居家的孩子也把身影丢在我家院里的苹果树梨树间。好像东西都是别人的好，别家的香。要是谁家拉煤，邻居就会涌去帮忙卸煤，好像过节一样。不像现在的人，住对门几年，干什么的都不知道。

我们就这样一边喝茶一边说着童年往事。说着说着就过去了许多年。说着说着秀屿的女儿紫微和我的儿子努哈就到了“郎骑竹马来，起舞弄青梅”的场景中，到了他们也玩着玩着就把小嘴探向泉眼的快乐童年。

吐洪律师的夜晚

我居住的泉水街像一条弯曲的手臂镶嵌在塔城市的阳光深处。手臂的尽头一条荒撂的小河曲折于野树杂草之间，悄无声息地流向远方。只有横生的劲草，弯积的淤泥，探身的石头试图挂住一些流水，留下刚刚被消磨的时光。然而，逝去与持续逝去是无法阻留的。在永恒的天空深处，永恒在向更深处逝去。

姐姐阿依努尔说，尽管如此也不必伤感。因为泉水街逝去的时光全是带着笑声的。那些整块整块带着笑声的时光一定是跑到未来的浓阴下等着我们去闲嗑，等着我们把好日子重过一遍。

我想：阿依努尔是对的。这也是我们在关键时刻没有放弃祖屋的原因。2000 年，县医院想征收我家的院子，出价 30 万元。当时，家境艰难，妈妈和姐姐有点动心。我和哥哥却不愿意。我们把祖屋卖了，就把回到根部的路断了。如今我们四个兄弟姐妹都成了家，有了房子，但我们的脚总是不由自主就迈向泉水街的院子，好像那里才是我们永远的家。如果我们把它卖了，我们的家就没了，我们就没有回去的地方了。回不到童年，回不到暖洋洋的往事里去。我们的孩子就会和其他的孩子没有什么不同，身上只有书包、楼房、游戏机、赶路的事情。而我更希望他们的童年里有泉水、虫鸣、流星、泥巴、树枝的味道,我相信这些自然的礼物在他们的一生里弥足珍贵,受用无穷。我希望他们在人生寒冷的季节,永远不要忘记,在北风呼号大雪纷飞的冬季,我们祖孙三代在暖暖的屋子里吃着简单可口的饭菜,互不惊扰做着各自的事,靠着火墙打盹,而炉子上的茶壶总是冒着热热的哈气……我希望这些场景能永远留在他们的生命里,温暖那些寒冷的日子,治疗世故的创伤。

大姐阿依古丽和姐夫乌尼现在在这里办起了农家乐,生意很好,我们感到很舒心,四个兄弟姐妹,一个成了政府官员、一个法官、一个律师、一个老板,我们的父母是在这个院子里学会走路的,我们兄弟姐妹是在这里学会走路的,我们的孩子是在这里学会走路的。爷爷曾经说过,“我们是受泉水神保佑的”,我想是吧。

夜深人静的时候,我总喜欢在泉水街散步,这时的泉水街最美。月光从空中“哗啦啦”地流淌下来,那些玩兴大的星星就像滑溜溜梯一样欢笑着顺着月光溜到泉水街玩耍,住在树里的、花里的、房檐里的精灵全跑出来散步、跳舞,简直就是精灵的麦西莱甫。我虽然看不见他们,但用心倾听就会听到一切。我感觉爷爷、爸爸也从来没有离开泉水街,我常常想,他们是不是就住在院子里的枫树里呢。我虽然看不见他们,但我能感觉到他们,在夜晚,我能听到他们哼曲、咳嗽、打喷嚏。有一天深夜，我甚至听见以前叔叔住的那间屋子墙上挂着的萨塔尔奏起了美妙的曲子。

风游荡在泉水街，撩过泉边的古榆和月光缠绕在一起跳起舞来，它们跳过街面，跳过树梢，跳过房屋，绕过舞蹈的众精灵的身旁，跳到后街的小河面上，整条街好像都被它们拉直了。忽然，月光不见了。风呼号着翻卷着整个泉水街，精灵们被刮得东倒西歪，有的栽进树里，有的掉进花里，有的干脆躲进人的梦里。

第二天清晨，阿布对我说："阿爸，我昨晚梦见太爷爷了。"

"阿布，太爷爷说什么了吗？"

太爷爷说，"人的梦是有气味的。他说，我的气味他很喜欢。他还说，我会成为一个有出息的孩子。"

我想，爷爷对我们是满意的。

它在草原深处

梦像棉花一样塞满了整个房间，陷入、陷入，向温软深处陷入……

迷迷糊糊一种温热的感觉，从脚心一点一点攀升上来……

我一下子惊醒过来，用手撑住沙发的边缘坐起来。真是难以置信，两条黑色的大狗站在我的脚底。一只垂着舌头，一只默默的望着我……

我缩回脚。脚心黏糊糊的，狗的唾液开始变凉。奇怪的是，我并没有感到惊惧和嫌恶。后来，我想，也许是狗的目光太宁静了，月光涨满了小屋，把一切都过滤了……狗看看我，转过身一前一后走出了房门。

我不明白为什么，觉得这两只狗是来叫我的，它们要带我到什么地方去，而我刚好没有锁上房门。其实，睡觉的时候，我是想锁门的，可是，试了试，门板是坏的，连虚掩都不可能。

斯琴本来邀请我跟她们一家住在蒙古包里，这是我在牧区转悠期间一直想做的事。住在一户蒙古族人家的蒙古包里，体验真正的蒙古族风情。可是临到眼前，我居然羞涩地拒绝了。我究竟为什么拒绝？因为她的丈夫太英俊了？怕打扰了他们的春梦？还是怕睡熟了，不小心磨牙漏屁打呼噜，坏了我这个爱臭美的女人的形象？

我穿上袜子，出了客厅的门，看见对面卧室的门大敞着。斯琴的弟弟和他新婚不久的妻子相拥而卧。月光像一把大铲子，把木床铲起来，像漂浮在水流里一样。我不由自主地靠近他们，月光下他们的嘴性感的肿胀着，月光汁液一样流进他们的嘴里，让他们变得青草一样鲜嫩，一样不能自拔。

一个小小的孩子的梦把缎面的被子轻轻地顶了起来。也许，他还没有长出眼睛。可是，在那个温暖混沌的宫殿，他的梦就像凸起的眼睛一样，探进爸爸妈妈纠缠的梦里，好奇的张望着。

我对他眨眨眼，返身去找叫醒我的狗。

小院浸在月光里，走进去，月光涌泉一样流进我的嘴里。

我低下头，看见自己飘了起来，水晶般透明。所有的负荷都被月光冲刷到影子里去了。她被冲刷的那么长，像黑骏马的皮毛一样透亮，早我一大截直戳戳出了大敞的院门……

蒙古包在月光里显得湿漉漉的，像浸在水里的金镶玉一般。我想看看，我本来睡觉的地方。门依然没有扣，我掀起毡帘，只有这里是沉沉的黑夜，梦被黑黑的关在里面。我一掀帘，斯琴一家子的梦一下子从我的身边挤走了。

他们的梦黏黏的，带着一点酸奶疙瘩的味道。

我适应了一会蒙古包里的黑，暖暖的呼吸着的黑。斯琴像一只母鹿一样沉沉的睡在梦境里。她心爱的老公，腿高高地翘在她的大腿上。而白天活蹦乱跳的孩子，这会儿小羔羊一样，发着微微的鼾声。

也许是我放走了他们的梦，他们微微起伏。男主人翻了个身，斯琴也翻了个身，这次，是她把美丽的腿跨在了老公的大腿上，就像把箭搭在弓上。

我向炕的左边望去，那里摞着斯琴做的毡子，绣的坐垫，还有棉被。光秃秃的毡子上睡着一个汉族女人，长得和我一模一样。她已经掉进了一场醒不来的梦，一场草原做了千秋万代的梦……

我想，一会儿，我会来找她的，带着一缕月光滑进她那永远醒不来的梦中，替她醒来那么一次，替她看一眼千秋万代之后的草原……

月光打开了一切。月光告诉我，游牧民族就算是定居在某个小牧村，他们的一切依然敞开着，和草原一样。他们的门仅仅是为了挡住大雪和暴风。他们不会像我，老想把什么都藏起来，藏在一个小小的空间，悄悄地独自享用，生怕被人发现，带来不必要的麻烦。

我悄悄地放下毡帘，去找那两只狗。

我觉得自己也变得湿湿的，仿佛浸在别人的梦中。天空清亮得像刚出釉的青花瓷。月光一遍一遍冲洗着它，推涌着它，让人觉得它那圆润的另一面，可能隆起如丰满温润的乳房，正把那可爱的乳头塞进更深远的夜的嘴唇……

小院里停着辆破得开起来叮当作响的小轿车，白天，斯琴用它载着我去牧场，每走一截路，我都觉得车上肯定又有哪个零件跑掉了。我们在草滩上推它的时候，总是要趁机趴下来，看看底盘还在不在?

现在，它那四处漏风的身体睡着了，微风和月光灌满了它。我路过它时，朝里瞥了一眼，看见里面居然有一只大狗，另一边的车门贝壳一般开启着。它瞥了我一眼，接住我的眼光，竟然让我觉得窥见了谁的隐私一样，有点尴尬地走开了。

斯琴家住在巴音布拉格村的最里面，这是天山以北的一个小小牧业村。出院门左手有两户人家，再过去就是草原。白天我曾经在那里散步，在那里做梦。可是，人白天和夜晚做的梦是多么的不同。白天做的梦轻飘飘的，像气球一样慢慢升上云端走掉了，好像去你想去的地方等你了。只要你赶路，就会再碰到它。可是，夜晚做的梦，它不走远，低低地挨着你，悬在半空中看着你。有时候，它还像个丢三落四的女人，再钻回来，拿走点什么，让人搞不清谁是谁的梦？

我从来没有在一个夜晚，看见这么多的狗，走在月光里，三三两两，狗步悠闲地往村子的深处晃去，偶尔远远呼应着叫上几声。我搞不清，它们全都往北面走，是为什么？

我看见所有的院门都敞开着，锁锈在门扣上。狗出出进进，吸食着半空中掉下来的梦。我想，再也不要小看狗，狗可能比人更了解人。

才付拉的食堂半敞着。我探头看看，和白天一样，桌椅堆在一旁，空荡荡的。这是我见过的最有趣的食堂。才付拉是个哈萨克族人，四十岁左右，国字脸，在那仁和布克小学教书。开食堂是他的副业。白天，我看到墙上“吐玛尔拜食堂”几个字，不仅好奇心突起。“吐玛尔拜”是哈萨克语，翻译成汉语就是“护身符”的意思，我走进去准备吃点民族特色饭。谁知，所有的桌椅板凳都堆在一角，整个餐厅空荡荡的。不营业吗？要歇业装修吗？我正疑惑着，才付拉很热情地从一个带榻榻米的小雅间出来，对我说：“你吃什么我给你做。”原来，“护身符"食堂平常只有才付拉一家老小吃饭。他们自己在自己的餐厅从星期一吃到星期五，吃的食堂快倒闭时，周六周天就会有婚丧嫁娶、割礼过寿的牧民来包酒席，十个像方向盘一样大的铁盘子往桌子上一放，"护身符"食堂就复活了。

现在，月光从开着的门里，从大大的几个窗子里灌了进来。葡萄酒一样透明浓郁。才付拉一家子的梦，醉得摇摇晃晃。那些桌椅板凳仿佛不甘寂寞，都自己晃点着找到了位置。一茬一茬的牧民高兴的涌进来，互相寒暄着，你们家的马，我们家的马，他们家的马，扯开了……月光和梦搅和在一起，很快把那些马也搅和在一片草场上，再也分不开了。

"再怎么搅和，我一眼就能认出自己的马。"一个牧民摇摇晃晃地说，影子一下子就被另一个影子覆盖了。我感到食堂里浓浓的醉意开始往回流，开始往门缝里、窗缝里漏。再热闹，这热闹是他们的。不能让不相干的醉把我搞醉。

"护身符保佑你。"我说。我的话尖刀一样，"刺啦"一声，撕开夜的绸子。

对面的小菜店虚掩着门。这里掩着一个小小的爱情故事。菜店的女主人是个汉族，从河南来和布克赛尔游玩。爱上了村里的蒙古族青年，留了下来。此时，一股蔬菜的清新味正水淋淋的从破旧的小木门里飘出来。那味道是绿色的，碰到月光一下子变成了秋香色。我一直不知道爱情的颜色，在这个小小的村庄里，恍惚之中，遇到了爱情的颜色。

爱情原来是秋香色的，有绿有黄。里面住着春天和秋天。它们在一起，呢喃着爱之情语。

我流连着，一再回头，可惜那是别人的爱情。虽然，和我曾经梦到的爱情一样，可是，是别人的，我进不去。不管我怎样回头再回头，我的脚还是领着我走远了。

我以为我不会被惊醒，但还是被扑过来的狗吠声，吓了一跳。这是一户汉族人家，开商店的。只有他家锁着门。狗气的不行。全村的狗，只有它永远要坚守岗位，哪也去不了，只能吃主人给的没有想象力的剩饭。狂躁的狗。我赶紧走开了。

草香即使在夜晚也是绕不过去的。我又来到了祖拉家的门前。干草成垛成垛堆满了房前屋后，连牛圈马廊的顶子上都堆满了草。好像他们一家人就睡在草里，就在草里生活、恋爱、做梦，牧马放羊……

我的影子贴着牛圈上的那垛草嗅了嗅，她已经闻出了我隐藏在草里的味道。白天，我就是躺在这垛草上，被干草车悠悠晃晃拉回来的。"真是太美妙了。"我对卧在身边的祖拉说。不知为什么？祖拉的脸红了，他把一棵草送进嘴里，羊一样嚼起来。风把我的长发刮的和草缠在一起，懒的去管，这会儿就是来一群马，把它当草吃，我也懒得动。眼皮有点肿肿胀胀的感觉，天上堆满了白云，好像人们睡过的棉被都一起升到天上去了……真希望抱着它们的蓝，低低地低低地压下来……

祖拉是位年轻的牧民，还是个诗人。据说，他放羊放着放着就突然会写诗了。他的诗印成铅字，发表在报纸杂志上，成为他另外的羊群。

我说："祖拉，马过冬时吃了沾着我气味的草料，以后，它的肉里就有我的味道了。"

"我们蒙古族人不吃马肉。马是我们很尊重的动物。"祖拉瞥了我一眼，指着远处草场上的一匹马说，"看见了吗？那匹枣红马？它是一匹赛马，已经老了，驮不动任何东西了。但它的主人不会宰杀它。"

"为什么？一直让它老死吗？"

"对。因为，它是英雄一样的马。理应被尊敬。以前，村子里有一匹叫凯利的马，得了好多次赛马会的冠军。后来，它老得快啃不动草了。主人就把它带到草高而密的草场，让它自生自灭。谁知，没几天走不动路的马自己回来了。又带到别的草场，放了。过几天，又自己找回来了。所以，马是很讲感情的。"

"那凯利后来怎样了呢？"

"它老死了。主人就按照我们蒙古族人的习俗，把它的头和四只蹄子剁下来，送到高高的山顶上去。其余的部分，就抛撒在干净的荒野里，让狼和鹰吃掉。"

我感到一种厚重的东西沉淀在心底。人，都该有所畏惧有所敬重，不能什么都吃，什么都做。

我慢慢地走过去，可是脚就像陷在沼泽湿地里一般，每抽回一只脚，就会发出“哔叽”、“哔叽”的泥水声。这里的每一根草都在做梦吧？它们的梦如此湿润、如此甜蜜，让我的脚告诉我，根本不是什么沼泽湿地，而是黏稠的像蜂蜜一样的稠稠的梦。抓住月光，我爬上干草堆，夜晚的草湿漉漉的。难道哭过了吗？可能是想念凯利，想念夏天抚摸过它们的寂寞的牧羊人的长调，想念我这个汉族人用长满九千万根发丝，也想象不出的草原上的一些事吧？

我把自己深深地埋进草香里。我希望是永远。

天亮了，一匹马叫醒了我。它还以为我是一堆草呢。我对它笑笑，吐掉嘴里的草沫子，跑回斯琴家去。斯琴还以为我是早起转悠去了呢。

我左右看看，问斯琴：“你家没养狗吗？”

“养了。一条灰白色的狗。”

“来两天了。怎么都没看到它？”

“玩去了吧。”

“它不用看门吗？”

“看门干啥？”

我无言以对。是啊，村子里的人家睡觉都敞着门，也没听谁丢过啥？就是偶尔谁家的牛马走丢了，找萨满卜上一卦，顺着方位去找，也果然在那儿低头吃草。

至于狗，昨晚，当我陷在月光里，陷在牧民的梦里，陷在草香里的时候，已经从它们那里明白了，它们舔过的梦里从来没有恐惧、惊慌、算计、嫉妒，它们也就不需要狂吠。

抱墙

一

有时候，我把耳朵贴在墙上，一动不动，一听就是很久。太阳把墙宽大的阴影挤得扁扁的，最后，连我的影子也被挤到墙里去了。

他们说我是个呆子。也许吧。我并不清楚。有时候，我贴着墙根坐着，一动不动。也没有人来问问我为什么？我好像在等待一个人。其实，没有人问我。我只是在等待那个被挤进墙里去的影子回来。她们没有一个回来。每天，我都失去一个影子。每天。她们一个接一个跑到墙里去。我想，我总能等回来一个。只是，我失去了更多的影子。

那天，小丫阿姨顺着那堵墙来了。她来的时候，背着光。

我看不清她的脸。多少年后，我还是看不清她的脸。又过了许多年，我的一个影子从墙里的那头走回来，试图经过那个被小丫阿姨抱过的影子，好让她想起小丫阿姨的长相。但仍然没有。这是一件多么悲哀的事。即使到了天国，也仍然是一张模糊的脸。我所能记住的，只有影子。

爸爸有时候会顺着那堵墙回来。也许，是顺着那堵墙走了。我不知道，我只看到他的背影。很远很远。多少年后，我的一个又一个影子在埋得深深的墙里回去，看到的也仍然是一个又一个背影。

妈妈说过什么吧，我已经不记得了。不记得的话就是没说过的话。为什么妈妈没有对我说过一句话，这么多年，她把话都说给了谁？谁把她的话带走了？谁用她温柔的话语打扮了最初的日子。她怎么能把她的话全给了别人？温暖了别人的一生。我想进入那个珍贵的人生。我的世界根本不是寂静，而是无声。

不过，妈妈给了我一把小铲子。她能为我做的就是这个吧？这是她能为我做得最好的事了。许多年后，一个又一个影子从墙里很远的地方走来，她们带回一把又一把小铲子，经过我，走掉了。我想伸出手，早早改变其中的一个。不过，没有成功。

二

小丫阿姨似乎很喜欢弟弟们,喜欢给他们喂饭,喜欢抱着他们。抱着,怀抱,在里面,很温暖吧?很踏实吧?也许,我能挖一个,怀抱。每个人都有过怀抱吧?我想不起来。我不能打扰小丫阿姨的,她是妈妈从很远的地方接来照顾双胞胎弟弟的。那个很远的地方叫老家。是老掉的家吗?小丫阿姨说,老家的房子都坏掉了。可是,我到底是不明白的,小丫阿姨为什么悄悄地抹眼泪啊?我拨弄着她的衣角,她说,想家了。我说,老家的房子不是坏了吗?她说,就想那些坏掉的房子。我不明白。是不是坏掉的房子会掉出一些没藏好的东西,让小丫阿姨担心呢?还是说,走不到的家让小丫阿姨感到格外温暖?

妈妈说,老家穷得很,没什么好丢的。可是,我看不是这样的,小丫阿姨经常抱着弟弟们发呆,也许,她把魂丢了吧。每当我做错事的时候,妈妈总说我,把魂丢了吗?妈妈知不知道,魂可能会自己走掉,不是人的错呢?魂比人更自由,知道哪有好玩的事,魂翻过一面又一面墙,去她想去的地方,见她想见的事物,过她想过的生活。人留在原来的地方,负责占位子。

我似乎隐约知道小丫阿姨的乡愁。我没有去过的老家,不了解那些会碎的瓦片,还有什么竹编的内墙?我想,小丫阿姨担忧的是不是墙坏了,屋顶坏了,屋子里的气味就走掉了呢？屋檐下的燕子一家因为小丫阿姨走掉了，也走掉了呢。当空空的燕巢里飘下最后一根羽毛，老鼠拖走灶前干瘪的苞谷棒，姥姥呆呆地坐在破旧的门槛上独自张望，小丫阿姨担忧的就是这些吧？担心再也回不去，担心回去再也找不到。担心跑空的房子，没有影子的墙？担心她不在的日子里跑掉的，本该被她享用的那些时光，现在去了不相干的人那里，被他白白混迹掉吧。那么好的时光，纯净得像空山的鸟鸣，怕那样的时光被另一个女子过掉吧。她想念的终究是粮票以外的东西吧？这些是不是像我这样一个小丫头片子胡乱猜想的呢？

三

一个小丫头片子就像一片薄薄的影子，自己的一点阴凉。呆在自己的阴凉里，世界变得小小的。门缝就隐在睫毛中。这个世界不是我能理解的，爸爸妈妈就像他们骑走的那辆永久牌自行车的两个轱辘子，总是不停地奔波在路上。而我则被规定在一堵墙下。墙看护着我。天黑的时候，小丫阿姨朝着墙的方向喊上一句：丫头—，回家了—。那声音就溜着墙边弯弯曲曲的飞来，像一个鼓鼓的气球。我抬头望着，月亮圆圆的，把我细细的影子弄折了，黑黑的断在路和墙上，好像一些日子也从很久远的地方这样莫名其妙地被什么东西搞折了。小丫阿姨说过，不用怕，蚯蚓也会断成两截。受伤的它却会拥有两个人生。

人生？那是什么？

就是活着，活出人样来。

人样？人还有其他的样子吗？

活着活着就活走样了。很多人就是这样。

我有点糊涂。也许和这些黑黑的影子一样吧，你怎么跳腾，它怎么跳腾，可是它忽左忽右、长长短短，却不是人自己能管住的。不过，我还是喜欢小丫阿姨喊我的这种声音，感觉自己被人想起，被人惦记，那个时候，我会磨叽一会，脚故意粘在原地，耳朵却像喇叭花一样打开，长长的藤蔓伸到空中，仿佛要捕捉什么。我喜欢那圆圆的飘飘的声音，多么暖和的声音。我总是独自享受一会儿。一直到它焦急起来，有时还会气急败坏。然后，就会有一双手伸过来，拎起我的耳朵。我假装哼哼着。其实，我是喜欢的。一双手适度的揪着耳朵朝一个方向拽，仿佛那个地方没有你不行。

有时候，远远传来喷香的味道，让人的脚底下凭空多了两个风火轮。那是妈妈带回了白面和糖，还有鸡蛋。小丫阿姨一定在炉盖上烤饼干，炉子暖暖的，发出很香很香的味道，天底下最香的味道。这时候，我忘记了墙根下的一切想法和感受，那种太香太香把一切都托起来了，我埋在香味里顾不上往高处望。我眼巴巴地望着一块黄澄澄的饼干，凑近那麦皮一样的金色。可妈妈说,“这个留给弟弟吃。”她给我两块边边有点糊的。小丫阿姨赶紧说,“吃糊的捡钱。”我说,“妈妈,你怎么不吃?”妈妈咽着唾沫说,“我不爱吃。”我问小丫阿姨,“你也不爱吃吗?”小丫阿姨就递给我一块大的,说:“小姨也不爱吃。”

四

大人他们只相信亲眼看到和亲耳听到的事。我却知道那并不是真相。那天早上,我跑到屋里去拿小铲子。看到一个弟弟从放倒的凳子腿里爬出来。据说,我就是在这个放倒的凳子腿里呆大的,那时小丫阿姨还没有到新疆来。暖壶就在不远的屋角搁着,我担心弟弟爬到暖壶那里去,就扯着他往凳子里拽。就在这时,一声闷响。屋角的那个暖壶居然自己倒了,碎瓶胆和着开水在地上摊开。弟弟哭起来。这时,妈妈冲了进来。抱起弟弟,甩了我两巴掌。我哭起来。

“不是我。”

“不是你?我亲眼看见你跑进屋子,亲耳听到屋子里的响声。不是你是谁?难道是你弟弟?他还不会走路呢!”

“就不是我。”我哭着。

“还不承认!暖壶会自己倒掉?”

“就是自己倒掉的。”我哭。

“你再扯谎！”妈妈气的巴掌又甩过来。

这时，小丫阿姨把铲子塞进我手里，“玩去。玩去。”她哄着我。

我走了，抽抽搭搭拿着我的小铲子向墙走去。发誓再也不去碰弟弟，他们是全家的宝，一碰就会碎的宝。我只要我的小铲子。有它就够了。

我只要我的小铲子。它才是我的伴儿，在那望也望不到头的墙根下，我挖啊挖啊，顺着墙根不停地挖着，仿佛在开凿一条路。

也许，我能找到爸爸，把他的背影翻过来，看见那个让我眷恋不已的笑容。有味道的笑容，墙的味道，粮食从土里长出来的味道。我想把爸爸的笑容从墙上抠下来。我把麦皮放进嘴里，扎扎的。我本以为它会像金色一样光滑，有比金色更明亮的味道。可是，妈妈似乎不喜欢，她看到我的时候，总是把我的嘴捏成喇叭花，像拽花芯子一样把麦皮抠出来：“你是狗吗？狗都不吃这个。”

有一天，麦皮割烂了我的舌头，她捏着我的嘴吼道：“你再吃这个，我撕烂你的嘴。”撕烂嘴的味道是什么样的？也是咸咸的、火辣辣的吗？那我已经尝过了。她把一小碗疙瘩糊糊放在我面前，去抱弟弟，好让小丫阿姨腾出手吃个饭。“一点都不让人省心。”她说。我觉得有个虫虫爬到我的鼻腔里，这些大人说话全都颠三倒四。昨天，在墙根还听见妈妈对碰到的一个阿姨说，我家丫头从不让人操心，都自个玩儿。我看着她哄着怀里的弟弟吃饭。我想变成弟弟。我不是弟弟。我没有把儿。我捏着铲子跑到墙边去，我挖啊挖啊，我觉得我能挖出一个怀抱。墙沉默不语，我喜欢墙的沉默。沉默是安静的宽容。就像一个大大的怀抱。怀抱，暖暖的、软软的、像热热的被窝一样。比被窝还要好呢。晚上，睡觉的时候，我总是紧紧地贴着墙。妈妈说，不许贴墙睡，凉。可我喜欢，不知不觉我就会把薄薄的身子贴上去，那是温暖的凉，让人安心的凉。好像一个怀抱。是我能够想到的最像怀抱的地方。当我睡着，墙就会变成一个美丽的宫殿，爸爸就会来抱我。

五

我顺着土墙向远处张望，爸爸什么时候回来啊？我想，也许下雨就会回来。因为上一次爸爸回来就飘着细细的毛毛雨。下毛毛雨的时候，我特别喜欢呆在墙边。因为那时候，墙会发出特别的香味。就像小丫阿姨从盆里捞出花衣裳用力一抖，空气中立刻开出一朵一朵的小花，散发出清新的水的味道。风把衣裳吹的鼓鼓的，水的味道也清香地鼓起来，好像要把人吸进去。我给爸爸说的时候，爸爸笑眯眯地看着小丫阿姨，小丫阿姨抿着嘴唇把脸都抿红了。就像爸爸把雨笑停了一样。

有一天，妈妈用水泼了爸爸，爸爸端着一盆水追出来，他用力一泼，自己却脚下一滑，一屁股坐在水里。跑在前面的妈妈回身一看，哈哈大笑。狼狈的爸爸竟也笑起来。爸爸就是这样，你以为多云该转阴了，他却瞬间一个艳阳天。我看见小丫阿姨抱着弟弟们将头探出门口张望。她的嘴唇抿得紧紧的，把脸都抿白了。

爸爸走了以后，妈妈的肚子又大了。小丫阿姨说，我又要有弟弟了。她说这话的时候，眼光顺着土墙慢慢走到很远的地方去了。当时，我拽着她的衣角，仰望着她怀里的弟弟们。我说，小姨，我也要抱。小丫阿姨的声音好像也去了很远的地方。她说，我抱着弟弟呢。自己玩去儿。这是我听到的最多的话了。还有一句话我也能倒背如流：你是姐姐，你要让着弟弟们。不久以后，我会越来越多的听到这句话儿了。我捏着小铲子走了。我要去挖一个怀抱，挖的大大的，挖到天边去。

六

一天，一个阿姨跑去告诉妈妈，别让你家丫头再挖了。墙倒了，砸着孩子咋办？妈妈一边给小弟弟换着尿布一边说，“她一丫头片子能把这么长一堵墙挖倒了？那还出息了。”我不明白，墙怎么会倒？墙倒了会是什么样？小丫阿姨说，“墙倒了就会变成路。路会让人和人相遇，路还会把人带到别处，带到很远的地方去。”那里是什么样的？那里又温暖又自由。

于是，我想，我应该把墙挖倒。我花了很多天的时间，把墙根挖了两个小洞，像墙的两只眼睛，我趴在墙根往里望，想看见那条路。我想象中的那条路就在墙里，小丫阿姨说了，墙会变成路。那条路里还有温暖和自由。温暖就是怀抱吧？自由？这个我也知道，就是风。爸爸以前告诉我，像风儿一样自由。可我的眼睛只看见黑，闻到黑，根本没有小丫阿姨说的温暖和自由。

后来，爸爸坐着一辆大卡车回来了。他扶着小丫阿姨的腰想把她凑到大车高高的驾驶室里去。这时，妈妈推开抱着她腿的两个弟弟，一只手一把扯开爸爸，把怀里的小弟弟塞进爸爸怀里，狠狠的剜了爸爸一眼，自己托着小丫阿姨的腿把她凑进了驾驶室。小丫阿姨攥着个小小的包袱，低着头，好像怕发声会割破空气似的，双唇翕动了半天，挤出了一句。

“姐，你看到的不是……你想的那样……”

“别说了。回去好好照顾咱妈。”妈妈阴着脸。

小丫阿姨不再说什么，紧紧抿着嘴，苍白着脸看了我们一眼，眼泪一颗一颗掉下来。那辆大车，生平第一次跟我们家有关系的一辆大卡车，就拉着小丫阿姨顺着那堵墙远远的走了。墙还没倒呢。

七

可是墙还是倒了。多年后的一天,我放学回家,看见妈妈对着炉膛抽泣:“叫你不要回去,婆家都给你说好了。你偏要回去。回去过的什么日子?”我不敢吱声,到屋里去问爸爸。爸爸灰着脸,几个弟弟倚在他膝上。爸爸说,“你小丫阿姨没了。”为什么没了?她太累了,倚在墙边想歇歇,墙倒了。墙倒了?我透过敞开的房门望着凉棚下炉灶前妈妈一抽一抽的肩膀,就像火塘里被风鼓动的火苗,而早生的白发在火中无力的挣扎。我慢慢走过去,我想,去拥抱妈妈伤心的肩膀。我想告诉她:小丫阿姨不是没了。墙倒了就会变成路。路伸到远方。小丫阿姨顺着那条路到温暖自由的地方去了。在那里,她会遇到想见的人,做喜欢做的事。可是,这时候,妈妈用袖子一抹脸。站起来头也不回地说:“收拾饭桌去,别磨蹭。叫你爸爸和弟弟吃饭。”我默默的走开去。活着的即使悲伤,也不会改变什么。

晚上,从爸爸妈妈的房间透出几句话:“小丫的两个孩子咋办?”

“我们也是勉强吃饱肚子,能咋办呢?”

“咱们孩子都是小丫帮衬拉扯大的。”

“把家里攒的一百块钱寄给孩子他舅吧。给孩子买奶粉。给他爸怕又赌掉了。”

原来，穷也是一堵墙。夜里，我紧紧地贴着墙，想把身体挤进墙里去。我相信，在墙里我能再次遇见小丫阿姨，辨认出她那张模糊的脸。我愿意丢掉我的小铲子，让她牵着我的手走上她告诉我的那条路。

八

多年后，我参加了工作。有一年，有了路过老家的一个机会，虽然只有短短的一天，但我非常激动。我让妈妈打电话给从没见过面的舅舅，告诉他我想见见小丫阿姨的两个孩子。妈妈说，舅舅会叫他们去家里。妈妈说小丫阿姨的儿子在一家工厂打工，虽然自己没钱读书，却在供妹妹读书。妈妈说完这话，我们都很沉默。小丫阿姨走的时候，他们一个三岁、一个一岁多。两个孩子都是小丫阿姨在地头生的。小姨夫是个赌棍。真不知，他们是怎么长大的？

这一天终于来了，我已经想了很多很多年，见到小丫阿姨的孩子时，要笔直地走过去，笔直地走过去，走过去拥抱他们。我站起来，死死地盯着要打开的门，要笔直地走过去，走过去拥抱他们。小丫阿姨的血脉。两个比我要小七八岁的孩子。他们知道吗？他们的妈妈在我寂寞而自卑的童年，留下了一种香味。现在，我把它带来了。虽然，世界上再也没有那么香的饼干。我还是搜罗了一袋各种品牌的饼干。我还带来了一点钱，是我工作后悄悄存的,就装在我的裤子口袋里。我想,我的脸一定很白,绷得紧紧的。但我顾不得想,甚至没有想到预先排练的温馨的笑颜。门打开了,两个孩子。可是,站在门口的是个高高大大的小伙子,真高啊,比我高出两头,妹妹也比我高,虽然都瘦瘦的。先是手忙脚乱的换鞋,接着是客气的递上带来的水果。他们相互说了几句,我听不懂。老家话我听不懂!接着是按老家的规矩坐到餐桌上,接着是舅妈呵斥小孩子没规矩之类的声音。因为我听不懂老家话,他们又说不好普通话。整个饭桌除了舅妈的呵斥声和咀嚼声,就是舅舅不停给我搛菜,却只是对他们挥挥筷子说:“叨菜、叨菜。”饭吃了一半,他们就起身了,举了举代酒的可乐告辞了。好像说是还要上班上学之类的,我听不太懂。他们走后,我低下头才发现,我的左手一直紧紧地攥着那袋饼干,手指都攥白了。这时候,我才想起来,钱还在我的裤子口袋里。舅舅问我,好像是晚上还想见哪家亲戚,带我去的意思。我摇摇头。我去见谁呢,虽然他们血管里可能流着一部分和我相同的血,但是在以往的日子里,我没有参与他们的喜怒哀乐,没有和他们走过哪怕一小截路,我甚至听不懂乡音。我顺着一条自以为小丫阿姨指给我的路来到这里,却不知道原来路也会翻身为墙。现在,在被称为故乡的地方,我被一堵一堵的墙隔开,而我忘了,在我来时的路上,我早已失去了我的小铲子。